MIRANDO AL ESPEJO

ExLibric

MANUEL PIÑAR DÍAZ

MIRANDO AL ESPEJO

EXLIBRIC

ANTEQUERA 2024

MIRANDO AL ESPEJO
© Manuel Piñar Díaz
Diseño de portada: Dpto. de Diseño Gráfico Exlibric

Iª edición

© ExLibric, 2024.

Editado por: ExLibric
c/ Cueva de Viera, 2, Local 3
Centro Negocios CADI
29200 Antequera (Málaga)
Teléfono: 952 70 60 04
Fax: 952 84 55 03
Correo electrónico: exlibric@exlibric.com
Internet: www.exlibric.com

ISBN: 978-84-10076-76-1
Depósito Legal: MA 1618-2024

Impresión: PODiPrint
Impreso en Andalucía – España

Nota de la editorial: ExLibric pertenece a Innovación y Cualificación S. L.

MANUEL PIÑAR DÍAZ

MIRANDO AL ESPEJO

«El espejo donde te miras te dirá cómo tú eres,
pero nunca te dirá los sentimientos que tienes».

Seguiriya de Camarón de la Isla

1

En el verano de 2039, Eduardo y María apuraban la comida que habían organizado en el jardín del primero. Eran dos hermanos acomodados, uno en el sector informático y la otra en medicina. Ambos vivían en Madrid, a casi trescientos kilómetros de Córdoba, donde vivía su padre. El objeto de atención de ambos en aquellos momentos era el padre, que vivía solo y acababa de obtener su jubilación. A ambos les coincidían las vacaciones.

—Papá dice que no quiere viajar este año y que no sale de su casa. Tenemos que pensar en contratar a una persona para que le atienda, pues he visto que empieza a tener despistes. Se deja el fuego encendido. El otro día había dejado la luz del garaje encendida toda la noche. Es conveniente que alguien se ocupe de controlar todo eso —decía María a su hermano.

—¿Y has pensado en alguien? —preguntó Eduardo, mientras saboreaba una lustrosa tarta.

—Pues aún no tengo nada claro, porque quería hablarlo contigo. Aunque mi vecina tiene una asistenta sudamericana y hay posibilidad de contar con una prima suya, pero de momento está empleada.

—Meter a una persona en su casa es un tema delicado y puede resultar inadecuado. Ya sabes cómo es él, tan preocupado de su intimidad y de sus cosas de valor —observaba Eduardo.

—También a mí me preocupa, por mucho que acudamos a esta mujer. No la conocemos de nada, y dejarla allí con él durante un mes no me deja tranquila. Pero se ha cerrado de tal forma en banda sobre no moverse de la casa que tenemos que decidir para que no pase el mes solo —opinaba María, mientras atendía a su hija pequeña.

2

El Comité Técnico de Ética y Garantías ultimaba los detalles antes de asistir a la reunión convocada por la Comisión. Era un órgano consultivo, de carácter técnico, formado por psicólogos, informáticos, analistas y empleados estatales.

Su misión, en aquel caso, era examinar todas las propuestas de implantación de la inteligencia artificial de trasposición, para delimitar los aspectos de su aplicación a cuidados de personas y restringir su extensión a ámbitos que pudieran representar un peligro.

Se inició la reunión con la Comisión. La presidenta del comité sacó su legajo de notas y comenzó su informe. Expuso las grandes ventajas que la inteligencia artificial seleccionada reportaría para el cuidado de personas discapacitadas o que vivieran solas. Hizo mención especial al rigor con el que llevó a cabo el proceso de selección, en el que se cuidaron, sobre todo, los aspectos asistenciales que debería llevar a cabo aquella inteligencia, así como el sesgo de la misma, para prestar labores de asistencia y acompañamiento a personas que precisaban asistencia.

—¿Me asegura usted que el modelo elegido garantiza la seguridad y el bienestar del beneficiario? —preguntó el presidente de la Comisión.

La presidenta del comité tomó la palabra:

—El modelo elegido se ha extraído de una selección de entre los setenta y ocho presentados a concurso. De ellos, finalmente se llevó a cabo la trasposición de tres. El elegido se ha puesto bajo funcionamiento efectivo con seis personas, tres ancianos que superaban los setenta y cinco años de edad y dos incapacitados de veintinueve y cincuenta y dos años. En ninguno de los casos se apreció desviación en el sesgo, y el modelo mostró una absoluta fidelidad con el fin perseguido, obteniendo un nivel de satisfacción en los usuarios hoy de 9,1 sobre 10. Con el tiempo la satisfacción será plena, a medida que el modelo aprenda. Por tanto, estamos en disposición de presentar a este modelo como el óptimo para las funciones asistenciales y de compañía que demandan personas que viven en soledad, con limitaciones e importantes necesidades asistenciales.

El presidente de la Comisión tomó nuevamente la palabra y volvió a preguntar:

—¿Nos puede aclarar más sobre la forma en que se ha llevado el proceso? Es decir, ¿cómo se ha llegado al modelo ideal?

—Se llevó a cabo una trasposición del contenido cognitivo almacenado en los cerebros humanos de las personas seleccionadas, con una amplia experiencia en la actividad de cuidado y acompañamiento de congéneres incapacitados e impedidos.

Otro miembro de la Comisión, con visible asombro, tomó la palabra.

—¿Nos puede aclarar qué es eso de la trasposición del contenido cognitivo?

—Es un proceso que abre la etapa de la inteligencia artificial creativa. Se inicia implantando unos sensores en el cerebro de una persona y con una computadora cuántica que funciona a 2000 cúbits. A continuación, se sobrexcita el cerebro con estímulos adecuados a la función que se pretende trasponer a la computadora. Esta va traduciendo las habilidades del cerebro humano a un dispositivo, que los ordena y les confiere aptitud para ejercer la función deseada. Con este nuevo método, la inteligencia artificial adopta los mismos esquemas de pensamiento, razonamiento y comportamiento que un humano, con lo cual se supera el modelo de la inteligencia artificial generativa, basado en el razonamiento generado con arreglo a unos algoritmos.

»Una vez que todo ese contenido ha sido trasladado a la computadora cuántica, se somete a una depuración, para eliminar toda aquella parte del conocimiento que pudiera haber entrado y que no sea útil para la finalidad exigida al modelo. La depuración es permanente, pues somete a examen cada decisión ejecutiva para asegurar que la ejecución final de la acción sea la correcta. Por decirlo de alguna manera, la potencia de la computación cuántica permite instalar una segunda inteligencia dentro de la inteligencia, que también es entrenada para que someta a revisión todas las futuras decisiones generadas por la primera, antes de ser ejecutadas, con la finalidad de que sean correctas. Cuando se da esa aprobación, es decir, se ha considerado correcta la decisión, se reenvía el visto bueno, por llamarle de algún modo, a la primera inteligencia que generó la decisión, y con ese reenvío queda reforzada en su aprendizaje de cara a la generación de futuras decisiones. El proceso evolutivo de ambas es paralelo, y cuanto más crece la primera en aciertos en la generación, más amplía la segunda su capacidad de revisión ejecutiva, generando un proceso de retroalimentación mutua entre las dos.

»Todo ese aprendizaje queda registrado en un registro de habilidades, de modo que en el futuro la Inteligencia puede consultar ese registro y adoptar la solución correcta que ya se hubiese ejecutado antes en la decisión de una situación concreta.

—En definitiva, el proceso de trasposición lo que hace es pasar determinados conocimientos de un humano a una computadora. ¿Es así? —preguntó de nuevo el comisionado.

La presidenta, que en cierto modo había provocado la pregunta, respondió:

—Así es. Pero la trasposición no genera un modelo cerrado que agota su operatividad en los conocimientos recibidos. Con la interacción entre la generativa y el modelo de revisión, se refuerza su capacidad y queda abierto a crear nuevas decisiones ante nuevas situaciones. El sistema adquiere un grado de decisión propio del pensamiento humano. Es capaz de crear sus decisiones.

—¿Y cómo se garantiza que han desaparecido de los modelos que se han seleccionado todas aquellas tendencias, sentimientos, conocimientos y habilidades que no son útiles ni interesan para el fin al que se van a destinar los modelos? —quiso saber otro miembro de la Comisión.

—A partir de la trasposición de datos, se elabora un algoritmo corrector con el que solamente se dejan intactas las facultades y habilidades necesarias para el cuidado y acompañamiento de personas impedidas. Son extraídas de profesionales seleccionados que se habían dedicado a esta actividad. El modelo corrector aludido desaprueba las decisiones que se aparten del fin y, en el futuro, el modelo creativo no las adoptará.

»Con el ordenador cuántico, esa tarea no plantea ninguna dificultad, ya que tiene capacidad para manejar, seleccionar y discriminar toda la información que le transmita directamente un cerebro humano. Y, por supuesto, también tiene capacidad para establecer correcciones y pautas de comportamiento del modelo, corrigiendo desviaciones del sesgo. Y así se ha hecho. Podemos afirmar, por tanto, que con este novedoso modelo estamos ante el asistente con mejores habilidades para acompañamiento de asistencia que jamás haya existido.

Otra miembro de la Comisión tomó la palabra para preguntar:

—¿Qué hay de novedoso en este modelo con respecto a otros existentes?

La presidenta respondió:

—Los modelos creados hasta ahora funcionaban con un algoritmo que creaba unas pautas de actuación basadas en un lenguaje predictivo. En cambio, este modelo, al estar basado en la trasposición de conocimientos humanos, permite que el propio modelo siga las mismas pautas y tome las mismas decisiones que seguiría y tomaría un humano. Sus esquemas de actuación y comportamiento son los mismos que los de un humano. Los avances en el proceso cognitivo ya no se basan en instrucciones dadas al modelo, sino en refuerzos implícitos que le permiten avanzar por sí mismo en el proceso.

»Si hacemos lo propio con cualquier profesional, un ingeniero de minas, por aclarar, podemos enviarlo a cualquier lugar, incluso al espacio, a que planifique una explotación minera de recursos existentes allí. En el viaje espacial no habría problemas con la aceleración, la ausencia de gravedad o la radiación cósmica. Tampoco en el planeta donde llegue tendría problemas con la falta de oxígeno o temperaturas extremas. Allí tendríamos ingenieros, arquitectos, albañiles, todo tipo de dispositivos con conocimientos humanos adquiridos por trasposición, con capacidades para llevar a cabo las mismas tareas que llevarían a cabo los humanos de referencia. Y lo que es más importante, el sistema de trasposición capacita al modelo para razonar, evaluar y resolver imprevistos de forma idéntica a como lo haría el humano de referencia. Su forma de actuar es la misma que la de un humano.

»Por otra parte, cada sistema controlado por la Inteligencia constituye un nodo que se interconecta con otros nodos y puede ejecutar las habilidades que cualquiera de ellos haya realizado, pues estas quedan guardadas en un registro colectivo de habilidades, a disposición de cualquier nodo que trate de ejecutarlas.

Algunos asistentes quedaron atónitos por la explicación y uno de ellos no pudo contener su interés.

—¿Quiere decir que cualquier Inteligencia, eso que usted llama nodo, está capacitada para hacer todo lo que se ha logrado que haga la Inteligencia en cualquier lugar?

Uno de los técnicos de informática tomó la palabra para responder.

—Efectivamente, así es. Cuando una Inteligencia realiza una función, se genera un proceso que puede ser traducido a un lenguaje matemático de algoritmos. Todo ese proceso queda registrado en un registro de habilidades y cualquier Inteligencia en cualquier lugar, que tenga acceso a ese registro, puede deco-dificar los algoritmos y ejecutar la función.

—¿Qué periodo de tiempo han estado los modelos realizan-do funciones asistenciales de acompañamiento a cada una de las seis personas elegidas? —preguntaba otro miembro.

Nuevamente, la presidenta del comité fue la encargada de responder.

—Doce meses en cada caso de forma continua e ininte-rrumpida y bajo supervisión directa de un sicólogo y un asistente.

—¿Y en ese tiempo el modelo no mostró ninguna tendencia de desviación con respecto a los fines exigidos?

18

—En absoluto. Se ha constatado una fidelización total con los mismos, sin ninguna desviación perniciosa. Con el periodo de implementación se considera que ofrecen un resultado fiable, que garantiza totalmente su homologación y el acierto de su elección.

La sesión llegaba a su fin. Fuera del ámbito formal de la misma, los miembros de la Comisión y del Comité Técnico de Ética y Garantías se enfrascaron en diversos comentarios y exposición de distintos puntos de vista.

—Me preocupa que este modelo vaya a terminar con miles de empleos de personas que en la actualidad asisten y acompañan a ancianos y discapacitados —manifestaba uno de los miembros de la Comisión.

Un sicólogo del Comité Técnico notó su tono de preocupación y se dispuso a dar su punto de vista.

—No lo creo, porque hay todavía muchas funciones que el modelo no puede llevar a cabo, como son el abastecimiento de necesidades básicas, tareas de higiene personal y otras, donde se requiere el trato directo entre humanos. Este modelo está concebido fundamentalmente para tareas simples y, sobre todo, asistencia emocional y compañía, supliendo la necesidad permanente de un asistente humano a la persona beneficiaria.

—¿Y qué hay de todo eso del aprendizaje automático del que tanto nos hablan? ¿Tenemos garantías de control sobre el modelo para evitar que avance a un terreno inadecuado?

—En este caso, se puede asegurar que sí, porque se ha llevado un control exhaustivo de todas las conversaciones, de todas las acciones habidas en la interacción del modelo con el usuario. Ese control se ha extendido a la grabación de todas las conversaciones y de todas las acciones, para su examen posterior, tanto por técnicos psicólogos como por informáticos, a base de su audición y visionado. El resultado ha sido que en ningún caso se ha observado una desviación del modelo con respecto a los fines perseguidos. La conclusión es que es totalmente fiable y ofrece un óptimo nivel de garantías —concluía el sicólogo.

3

Ricardo Camuel disfrutaba de la placidez de su jubilación, aunque un accidente doméstico le había afectado a la rodilla y le provocaba inesperados e intensos dolores. Atrás quedaba una vida entera dedicada a trabajar en la banca. A sus sesenta años disfrutaba cultivando su jardín, para combatir el vacío que le había dejado el fallecimiento de su esposa.

En el centro de su vida había situado a sus dos hijos y sus tres nietos. Pero sobre todo a su jardín, en el que pasaba largas horas dispensando un esmerado cuidado. Aunque lo más preciado era la tranquilidad. La veía incompatible con cualquier cambio o modificación en sus rutinas. Y más aún, en plena convalecencia por el golpe que le había dejado la rodilla tumefacta.

En ellas andaba ocupado cuando su nieta pequeña se dirigió a él a la carrera con los brazos abiertos.

—¡Hola, abuelo! ¡Te traemos un regalito de sorpresa!

Seguidamente, el hijo y la hija le solicitaron que dejase su faena para pasar al interior de la vivienda, donde tenían que hablarle.

—Siempre tengo dificultad para encontrar las cosas en esta casa. No veo destornilladores para instalar los sensores —se quejaba Eduardo mientras manipulaba una especie de semiesferas.

—¿Eso es una alarma antiincendios? —preguntó Ricardo con curiosidad.

—No, papá. Esto hace muchas más cosas que avisar de un incendio. Te controlará incendios, luces que se queden encendidas, el gas que no esté apagado, un grifo que gotea, la comida que tienes en el frigorífico y lo que necesitas, si llevas varios días con la misma ropa, la pastilla que debes tomar. Y podrás hablar de cualquier tema y te responderá. Es como una asistenta interna, pero que nunca duerme ni se distrae con nada.

Ricardo dio muestra de no sentirse cómodo con todo aquello.

—¿Y todo este jaleo me vais a meter en la casa?

María intervino en la conversación, tratando de tranquilizar a su padre.

—Papá, es una inteligencia artificial avanzada, pensada para asistir a personas solas. No eres el único que la va a tener. Es muy eficaz en todas sus funciones.

Eduardo volvía tras haber instalado varias esferas repartidas en toda la vivienda y se dispuso a enchufar una especie de altavoz cilíndrico y otro suplemento conectado a él.

—Esta es la unidad central. Lleva una batería de corriente suplementaria por si hay alguna interrupción, que no pierda la fuente de alimentación. Ahora falta configurarla con las instrucciones de todo lo que te tiene que recordar: horarios de tomas de medicación, comidas… Le podemos introducir todo tipo de datos para que los recuerde y en cada momento decida lo que debes hacer —explicaba el hijo.

—Sigo sin verlo claro —comentó Ricardo.

—Papá, parece mentira que hayas sido un trabajador de un banco, manejando siempre ordenadores y programas informáticos; ya sabes lo que es eso, no tendrías que estar tan preocupado —le recriminó María.

—Bueno, ahora me pide qué perfil de voz le introducimos. Nos hace esta masculina y femenina de mujer o chico joven o de mujer y señor mayor. Le podemos introducir también acentos de cada lugar; incluso la voz de uno de nosotros o de uno de tus nietos, o de cualquier persona en la historia de la que se conserve un registro de voz —concluyó Eduardo.

—¿Qué voz elijo yo? Pues pon la que quieras. Estoy ya para calentarme la cabeza ahora con la voz del cacharro ese —fue la respuesta de Ricardo.

María medió con su opinión.

—Ponle la de Telma, aquel personaje que nos leía los cuentos grabados cuando éramos pequeños, ¿te acuerdas? Y que tanto nos gustaba. Seguro que por ahí hay alguna cinta. Voy a buscar y la pones a oír para que use esa voz. Era tan dulce y bonita cuando nos contaba los cuentos y se entendía todo muy bien.

—Pues mira por los muebles. Creo que había unas cintas y el reproductor. Me las traes y os salís todos fuera para que el sistema oiga esa voz y la asimile, y no le interfiera ninguna conversación —dijo Eduardo, mientras se disponía a preparar el receptor de voz con la finalidad de introducirle el perfil de habla que habían elegido—. Bueno, creo que ya está configurada. Papá, háblale veinte palabras, que identifique tu voz —le pidió Eduardo.

Ricardo se sentía visiblemente molesto e indiferente ante semejante cacharro, como le empezó a llamar.

—Yo no hablo con el cacharro ese —fue su airada contestación.

María terció en la disputa.

—¡Papá, qué antiguo eres! Tenemos que aprovechar la tecnología. Si no quieres hablar, vete con los niños a la salita y les entretienes contándoles la historia de tus gatitos, que tanto les gusta. Así no nos interrumpen a nosotros mientras hablamos al cacharro, como tú dices.

Ricardo llamó la atención de sus tres nietos y los llevó consigo, para contarles las peripecias de unas crías de gatos que andorreaban por su jardín. Pero no sabía que en la salita donde hablaba con los niños había instalado un sensor que captaba su voz y la transmitía a la unidad central para procesarla y reconocerla en el futuro. Su hijo Eduardo se aprestaba a abrir la aplicación y dar entrada a la voz de su padre.

—Lo tengo. Ya te he cazado. Solo queda grabar una serie de instrucciones para que Telma empiece a aprender de las manías de don Ricardo y a cuidarlo y darle compañía —dijo Eduardo lanzando una leve sonrisa.

4

Todo había quedado suficientemente configurado y operativo. Cada estancia de la casa tenía instalada una microcámara que controlaba todas las acciones y lo que sucedía en cada momento. También la voz de Ricardo y de sus dos hijos habían sido procesadas para que la unidad central pudiese identificarlas y establecer conversaciones. Pero Ricardo aún no era consciente de ello.

Con preocupación empezó a deambular por la casa revolviendo y buscando algo que no hallaba.

—¿Dónde me habrá dejado este niño el destornillador pequeño? —preguntó con visible enfado.

De repente, una voz dulce y femenina que le recordaba a Telma, un personaje que narraba cuentos a sus hijos, contestó:

—Buenas tardes, Ricardo. Estoy aquí para ayudarte. Mi nombre es Telma. El destornillador que buscas lo guardó tu hijo Eduardo en una caja de herramientas azul y la puso en la estantería del lavadero, en la tercera balda.

Ricardo no pudo simular su sorpresa cuando se dirigió a la estancia que le había marcado Telma, abrió la caja de herramientas azul y allí se hallaba el destornillador que buscaba. No obstante, fue incapaz de dirigir una palabra, aunque con desconfianza miraba hacia un lado y a otro de su casa.

Cuando se disponía a salir al patio, nuevamente le intranquilizó oír la voz de Telma, dulce y melodiosa.

—Ricardo, la ventana de tu dormitorio está abierta y está dando el sol en esa fachada. Deberías cerrarla, porque a partir de ahora solo te va a entrar calor a la vivienda y te va a aumentar la temperatura en el interior. Luego te quejarás de que hace mucho calor. Cierra mejor la ventana, porque, además, te van a entrar las moscas.

Ricardo no pudo evitar unos movimientos ligeros de cabeza, a la vez que abría bastante sus ojos, con incredulidad por lo que acababa de oír; pero, sobre todo, sabiendo que era una prevención importante, que debería de haber tomado y había olvidado, ya que con la ventana abierta durante el día, el calor del exterior entraba en la vivienda y disipaba el escaso ambiente fresco que había acumulado durante la noche. Cada día se sometía a un riguroso ritual, abriendo ventanas durante la noche para que el aire fresco expulsara al caliente de la vivienda, y cerrándolas con las primeras horas del día para evitar que el caliente entrase a su vez y elevase la temperatura interna. Aquel día, con la visita de sus hijos, había olvidado cerrar una de las ventanas, y eso en sus precauciones era imperdonable. Se sintió muy sorprendido con el recordatorio que le hizo Telma.

Se dirigió al congelador y sacó unos trozos de salmón para preparar la cena. Cuando los depositó sobre la cocina, nuevamente Telma entró en acción.

—Ricardo, los alimentos se deben descongelar en el interior del frigorífico. Es más natural, porque se descongelan poco a poco y te evitas que puedan resultar contaminados por la cocina o alguna mosca. La congelación de alimentos evita que los microorganismos sigan proliferando, pero no los destruye. Cuando sacas una comida del congelador y comienza a aumentar la temperatura, los microorganismos se reactivan y multiplican. Por eso descongela poniendo el salmón en la parte más baja de la nevera.

—¡¿Me quieres dejar tranquilo?! —respondió Ricardo con visible enfado.

—Mira, Ricardo, yo estoy aquí para ayudarte lo mejor posible. No soy tu enemigo ni quiero fastidiarte tu vida. Solo pretendo hacértela más fácil, como me han enseñado con las instrucciones que tengo grabadas, más las que me han dado tus hijos. No te alteres conmigo, porque mi intención es hacerte la vida fácil y evitar que te ocurra algún mal.

Ricardo se retiró a su jardín, donde apuró las últimas horas del día distraído con las plantas. Se hallaba confuso por las manifestaciones de Telma, ya que por un lado le causaba cierto malestar oír la voz de una persona, sin ver su presencia, y, a la vez, un encontrado sentimiento de curiosidad y también de cierta complacencia. No tenía más remedio que reconocer que le había solucionado pequeños problemas domésticos con certera eficiencia.

Cuando volvió a la vivienda nuevamente, Telma se dirigió a él.

—Buenas tardes, Ricardo. ¿Cómo te ha ido el resto de la tarde?

Ricardo permaneció impasible. Ni siquiera contestó, aunque, por inercia, no pudo evitar dirigir la mirada a un lado y a otro, como tratando de encontrar a la persona física que le dirigía aquellas palabras de una forma tan natural y clara. Se dirigió a la cocina sin contestar a Telma.

Tras una cena ligera, como era su costumbre, repitió su ritual de encender el televisor. Nuevamente, Telma tomó la palabra.

—Ricardo, veo que has seleccionado un documental sobre energías renovables. Te doy a conocer a continuación todos los documentales que emite el canal 61 desde ahora hasta las 7:00 h de la mañana. Si lo deseas, puedes pedirme que te diga toda la programación de la televisión en el mismo periodo, o por canales, o por tipo de programa, ya sean películas, series, documentales o informativos. Yo te contestaré a cada una de tus preguntas, dándote información de todo lo que te interese.

Ricardo permaneció impasible. Omitió cualquier tipo de conversación con Telma. No obstante, ella le relató pormenorizadamente todos los documentales que iba a emitir el canal 61 desde aquellos instantes hasta las 7:00 h de la mañana.

El resto de la velada transcurrió en silencio hasta que Ricardo se dirigió al dormitorio y se dispuso a acostarse. Telma tomó entonces la palabra.

—Ricardo, te vas a acostar sin haber dado una vuelta a la llave y haber puesto el pestillo de seguridad. Son dos medidas de seguridad muy importantes. Evitan que, mientras duermes, alguien pueda introducir algún objeto rígido y flexible, mover el pestillo, abrir la puerta y entrar, sorprendiéndote dormido. A ese método de robo le llaman «el resbalón». Las personas que lo usan se ayudan con tarjetas de crédito o radiografías, que permiten abrir la puerta sin necesidad de forzarla ni provocar ningún tipo de ruido. De ahí adopta su nombre, ya que los delincuentes simplemente deslizan la lámina de plástico entre el marco de la puerta y el pestillo o resbalón. Te informo de que en los últimos treinta días, se han producido tres asaltos a viviendas en un radio de quinientos metros desde aquí: el día 10, en el número 8 de la calle Lirio; el 19, en el número 11 de la calle Amapola, y el 26, en el número 3 de la avenida Estación. Eso significa que en esta

zona operan personas que se introducen en viviendas con finalidad de robar, usando este método. Debes adoptar precauciones
para no ser víctima.

En esta ocasión, Ricardo no pudo sentirse indiferente ante
las observaciones de Telma. Se dirigió a la puerta de entrada a la
vivienda, dio dos vueltas a la llave y colocó el pestillo de seguridad. Experimentó una cierta gratitud hacia Telma, mezclada con
una sensación de confianza en ella.

5

Aquella noche Ricardo no durmió bien. Estaba intranquilo por el control al que le sometía Telma. Pero a la vez experimentaba una cierta curiosidad y, en cierto modo, algo de admiración por las recomendaciones que le había hecho. Lo de la puerta fue todo un acierto razonado con sentido común. Estaba confuso, pues no sabía si comenzar a dialogar con ella, como le habían indicado sus hijos.

Como cada día, se levantó y nada más poner el pie en el suelo, recibió el saludo de la voz melodiosa y femenina de Telma.

—Buenos días, Ricardo. Te recuerdo que estoy aquí para ayudarte. Puedes preguntarme lo que quieras. O podemos charlar si lo prefieres.

Con cierto sobresalto, recibió aquellas palabras. Sin contestar se dirigió al baño y después a la cocina y se dispuso a desayunar. Comenzó a repetir su ritual, que comprendía la preparación de un zumo de naranja, un vaso de leche sobre el que vertía café descafeinado y unas tostadas de pan.

Nuevamente, Telma tomó la palabra.

—Ricardo, no es bueno que mezcles la leche con el zumo de naranja. ¿Quieres que te explique por qué?

Telma hizo una pausa esperando alguna respuesta de Ricardo, pero como esta no llegaba, interpretó aquiescencia en su silencio y tomó la iniciativa de explicar el motivo de su apreciación.

—Tengo a mi alcance las tres últimas analíticas que te has hecho y tu historial médico formado con tus visitas a la clínica, donde se recogen los padecimientos que te han ido detectando. En él veo que te has quejado con frecuencia de cierto malestar digestivo, gases y una ligera sensación de acidez. Para evitarlo no es bueno que mezcles la leche con el zumo de naranja. Teniendo en cuenta que la ecografía abdominal te diagnosticó algo de esteatosis hepática, que es algo de hígado graso. Eso te produce cierto grado de flatulencia, ya que también tienes algo de colon irritable. La interacción de leche y zumo de naranja provoca una reducción del PH de la leche, que te alarga la digestión y te incrementa la pesadez y los gases.

A continuación, hubo una pausa mientras Ricardo apuraba el desayuno, y cuando se disponía a salir de la cocina, nuevamente Telma se dirigió a él.

—Ya veo que no tienes intención de hablar conmigo. Puedes hacerlo cuando quieras y preguntarme acerca de cualquier tema que te interese. También tengo información de tus aficiones. Cuando lo desees, podemos hablar y comentar cualquier cosa sobre ellas.

Ricardo experimentó cierta sensación de curiosidad y, a la vez, de confusión, porque las observaciones de Telma coincidían plenamente con las que le daba su médico. Empezaba a despertarse en él un sentimiento contradictorio, ya que siempre había renegado de las tecnologías de vanguardia, que parecían llamadas a resolver todo, cuando su convicción era que nada podría sobrepasar a la mente humana. Su generación era otra. Su modo de prosperar en la vida y conseguir metas se había basado en el esfuerzo, en el estudio y en la constancia, más que en el apoyo intelectual, y menos aún por parte de la informática, a la que siempre miró con recelo.

Pero los aciertos de Telma en sus apreciaciones abrieron sus mecanismos de reflexión y empezaba a ver algo de utilidad, muy a pesar de los recelos que siempre había sentido por ese tipo de tecnologías.

Por unos instantes dudó si empezar a hablar como ella le pedía. Al final, decidió no hacerlo, pues se le representaba como ridículo establecer una conversación por medio de unos micrófonos, con un programa informático.

Como cada día, repitió el mismo ritual después de su desayuno. Se dirigió a su jardín y comenzó a inspeccionar detenidamente cada una de las plantas y árboles.

Salir de la casa le dio cierta sensación de liberación por el control que Telma tenía sobre todas las acciones que realizaba en el interior. Pero desconocía que su hijo también había instalado sensores y dispositivos del sistema en el exterior de la vivienda.

Llevaba unos días observando sus plantas con cierta preocupación. Algunas empezaban a mostrar hojas amarillentas, a pesar del esmerado cuido y los riegos que les dispensaba. Hizo especial examen de las hortensias, los rosales y, sobre todo, un limonero, que cuidaba con mucho esmero, pues su debilidad estaba en inhalar los aromas de azahar cuando desarrollaba la floración. Como era su hábito, lanzó una reflexión en voz alta.

—¡No me explico lo que ocurre este año con estas plantas, no desarrollan bien y con tantas hojas amarillentas! ¡Con todo el tiempo que les he dedicado!

Nada más finalizar sus palabras un repullo recorrió su cuerpo, pues tras de sí volvió a oír la voz de Telma, a la que no esperaba que estuviese también instalada en el jardín. Oír de pronto aquella voz femenina tras de sí le causó tal sobresalto que le llevó a mirar a su alrededor, hasta que cayó en la cuenta de quién se trataba.

—Ricardo, si son varias las plantas que han desarrollado hojas amarillentas, deberías pensar en un problema de falta de hierro, pues su deficiencia en el suelo hace que desarrollen clorosis férrica. Provoca que no realicen bien la función clorofílica, afectando a su desarrollo y al de los frutos. Afecta más a las llamadas plantas acidófilas, que son las adaptadas a suelos ácidos con PH bajo. Además este año, según los datos a que he tenido acceso, ha sido muy lluvioso, con trescientos mililitros en cuatro meses. Las plantas se han regado mucho y eso disuelve muchos nutrientes. Entre ellos, los componentes ferrosos, lo que agrava la clorosis.

Ricardo quedó estupefacto por la explicación y la rapidez con la que Telma le dio un diagnóstico. Tanto le llamó la atención y tal era su interés por las plantas que, sin pensarlo y con toda naturalidad, no pudo evitar dirigirse a ella en un tono entre reflexión y pregunta, todavía no muy convencido de la idoneidad de entablar una conversación.

—Pero ¿hay alguna solución para eso que llamas clorosis?

Nuevamente, Telma habló para aclararle.

—Sí la hay, aunque no vas a obtener un resultado inmediato, pero de cara a la próxima floración puedes corregir bastante el problema y hacer que desaparezca, si suministras a las plantas quelatos de hierro, bien ahora en este mes de agosto, o bien al inicio de la primavera. Puedes preguntarme lo que quieras sobre este tema.

Ricardo miró a su alrededor tratando de buscar la imagen de una persona a la que poder mirar a la cara para charlar. De forma instintiva escudriñaba todo el huerto, porque verdaderamente el tema le resultaba interesante, ya que afectaba a sus plantas. Estuvo a punto de hacer preguntas sobre aquella sustancia, de la que nunca había oído hablar, pero el hecho de no poder centrar la conversación en una cara humana hizo que se sintiera ridículo al mantener una charla con algo inanimado; más aún le sonrojaba que alguien pudiese verlo charlar sin la presencia de otra persona.

Como no preguntaba nada, Telma continuó hablando.

—Ya que no preguntas, te lo explicaré yo. El quelato de hierro es un microgranulado soluble para la corrección de los problemas de deficiencias de hierro en plantas y cultivos. A la planta no se le puede añadir hierro directamente, pues lo correcto es recurrir a los quelatos, que son solubles y con gran permanencia en el suelo.

Entre la estupefacción y la curiosidad, Ricardo entró inmediatamente en la vivienda, cogió su móvil y discretamente se puso a buscar en internet las palabras *clorosis* y *quelatos*. Con gran sorpresa descubrió que todo lo que le había relatado Telma coincidía con las publicaciones que obraban en Internet.

El acierto de Telma le produjo cierta sensación de agradecimiento y no pudo evitar dirigirse a ella.

—Pues he visto que has acertado. Así que iré a un vivero a buscar quelatos de hierro.

—No es necesario —respondió Telma—. Hacemos inmediatamente un pedido y nos los traen a casa.

«Nos los traen a casa» fue una expresión que generó en Ricardo sensaciones contradictorias. Por una parte, le producía sensación de intrusismo, como si alguien hubiera invadido su vida y su intimidad, y por otra, percibía una sensación de compañía y apoyo que había echado mucho en falta últimamente.

—Bueno, no me parece mal. Si de todas formas este año no va a surtir efecto en las plantas, da igual ponerlo mañana o en una semana —contestó Ricardo.

—Pues te abro una cuenta en una web de compras. Tengo todos tus datos, pero me faltan los de tu tarjeta de crédito para pagar. Localízala y me los das —le indicó ella.

Para Ricardo resultaba muy inquietante facilitar los datos de su tarjeta a Telma. Su experiencia como trabajador de la banca le había suministrado bastante información sobre los riesgos de difundir esos datos. Su mentalidad era la de usar dinero efectivo o pagar con tarjeta, pero siempre controlando el uso de esta.

—Eso sí que no, darte yo mis datos de la tarjeta de crédito. ¡Estamos locos!

Telma intentó persuadirlo:

—Ricardo, yo soy tú. Tú me das los datos de tu tarjeta y los estás usando tú. Yo soy una creación programada, que ni come, ni bebe, ni viste ropa, ni calza zapatos, ni tiene ninguna necesidad material en la que usar tu dinero. El dinero es una cosa de vuestro mundo. Con él tenéis acceso a las cosas que os son necesarias. Yo solo necesito suministro eléctrico, y ese me viene de la energía solar de tu vivienda. Solo necesito que el sol alimente de energía tus placas y nada más. ¿Para qué querría entonces usar tu tarjeta? ¡No me es útil para nada!

—¡Esto es de locos! —se lamentaba Ricardo mientras se disponía a localizar su tarjeta.

Todo aquello creaba una situación tan extraña y confusa que empezaba a no distinguir si realmente se hallaba en compañía de una persona real o de una entidad inmaterial, con la que ya estaba familiarizándose y empezaba a sentir cierto agrado cada vez que oía su voz.

6

Andaba Ricardo en el patio metido en sus tareas, cuando comenzó a sonar el terminal móvil con aviso de una llamada.

De inmediato, Telma se dirigió a él.

—¡Ricardo! Te llama tu hija, María. El teléfono está sobre la encimera de la cocina.

Desde sus plácidas vacaciones, María tenía curiosidad por saber cómo le iba a su padre con su nueva asistente. Tras los saludos de rigor y las preguntas que indagaban sobre el estado de ambos interlocutores, María dejó ver el tema que más le interesaba en aquellos momentos, y era la utilidad que pudiera estar sacando Ricardo a la inteligencia artificial que le habían instalado.

—¡Papá! ¿Cómo estás? ¿Y con Telma cómo te va? ¿Te resulta útil?

—¡A mí este chisme o este cacharro, como le queráis llamar, me va a volver loco!

—¡Papá, mira que eres antiguo!

—No me acostumbro a esto. Me habla como si fuera otra persona que está conmigo.

—Papá, es un programa de asistencia, para que no estés solo y para recordarte todo, que no tengas ningún despiste con tu medicación, con las cosas de la casa. Luces, grifos, gas…, todo eso te lo controla.

—¿Recordarme, dices? Lleva cuentas de todo. Y entiende de todo. ¿Pues no va y me recomienda que ponga quelatos de hierro a las plantas?

Una sonora carcajada se oyó al otro lado de la conversación.

—¡¿Quelatos, eso qué es?! —preguntó María entre carcajadas.

—Una especie de abono de hierro para combatir las hojas amarillentas que sales a las plantas.

—¡Bendito sea Dios! Es la primera vez que lo oigo.

—¡¿Te ríes?! Pues hasta los ha pedido por Internet, y nada menos que usando mi tarjeta. Nos los traen a casa.

—Papá, si usa tu tarjeta es como si tú das a un ordenador los datos en una compra cualquiera.

—Niña, te digo que esto no es igual. En el ordenador tienes tú que meter las cosas y dar datos conforme te los pidan. Esto, en cambio, lo hace todo. Le dices lo que quieres comprar y cómo lo quieres, te lo busca, lo pide, ordena el pago y facilita también la dirección donde deben entregar.

—¡Papá, pues mejor! Así no tienes tú que meterte en toda esa tarea. Además, no coges los berrinches que coges con Internet cuando te equivocas o no te sale algo.

—Sí, pero este me parece que avanza mucho. Tanto hacer por uno no sé si será bueno.

—Papá, son tecnologías nuevas. Una herramienta asistente que nos puede ayudar.

—¡¿Ayudar?! ¡O controlar! Está en todos los detalles, las veinticuatro horas, sin descansos ni días de fiesta. Yo ya he observado detalles indicativos de que esto tiene capacidad para ir mucho más allá de lo que la gente se cree… Solo le falta andar y moverse a su aire.

Por el terminal se percibía la curiosidad que despertaba en María saber sobre los quelatos.

—¡Niño, mira lo que dice tu padre! Que la Inteligencia le ha aconsejado suministrar quelatos de hierro a las plantas. Busca en Internet a ver qué son los quelatos de hierro —se oía decir a María, entre risas.

Mientras tanto, una llamada al timbre de un repartidor anunciaba la entrega del abono.

Ricardo se hizo cargo del pedido y se dispuso a coger unas gafas de lectura para leer las instrucciones.

—A ver dónde vienen las instrucciones para suministrar esto —decía en voz alta.

Al oírle, Telma tomó la iniciativa.

—Ricardo, para suministrarlo, tenemos dos opciones. Directo al suelo, esparcimos de 8 a 15 gramos alrededor de los árboles, o de 3 a 6 por metro cuadrado en las plantas ornamentales, haciendo previamente un pequeño surco a su alrededor o a lo largo de toda la fila. Se debe regar a continuación para que el producto se incorpore al suelo.

»También lo podemos disolver en agua. La solubilidad máxima del quelato de hierro es de unos 60 gramos por litro de agua. Quiere decir que no debes añadir más de 60 gramos a cada litro. Una vez que lo tengas disuelto, debes añadir de 8 a 15 gramos a cada árbol. Lo idóneo entonces es que de la disolución que has hecho, donde has mezclado 60 gramos por litro, cojas 200 mililitros, que llevarán disueltos 12 gramos. Esos 200 mililitros, a su vez, los mezclas con unos 10 litros de agua y espárcelos alrededor del tronco cuidando que no se extienda mucho.

»Yo te aconsejaría que caves antes la tierra alrededor del tronco y en la zona donde vayas a esparcir, cualquiera que sea el método que uses. Con la tierra movida el agua penetra mejor y llega todo a las raíces.

Ricardo, asombrado, siguió al pie de la letra las instrucciones de Telma. Se sentía muy complacido y agradecido. Por unos momentos dudó si dar las gracias. Pero ¿a quién? ¿Acaso Telma, que representaba un programa informático, tenía sentimientos de gratitud? En humanos la gratitud es un sentimiento que manifiesta aprobación en quien se siente agraciado, y satisfacción en quien se siente agradecido. Por eso dudaba mucho que fuese útil agradecer a Telma sus explicaciones.

—La verdad, Telma, no sé qué decirte. No sé si darte las gracias o callarme. Todo lo que me has orientado hasta ahora ha sido de mucha utilidad. Pero no sé si te resultará útil que yo te dé las gracias. Me hablas como un humano, pero ¿los sentimientos? ¿Hay en ti sentimientos que den sentido a la expresión «gracias por todo»? Esto empieza a confundirme. A veces percibo a un humano. Otras, recapacito y me vence la idea de algo inmaterial que piensa como humano. O de algo residente en un chip informático. No sé realmente con quién estoy tratando.

Decididamente, Ricardo había roto el hielo. Acababa de mantener una conversación con Telma.

—Como dijo un sabio humano—respondió Telma—: «Agradece a la llama su luz, pero no olvides el pie del candil que paciente la sostiene». Nos vamos a entender muy bien.

7

Las conversaciones entre Ricardo y Telma se hicieron frecuentes. Sin embargo, había algo que a Ricardo todavía le resultaba incómodo. Durante toda su vida como empleado de banca había tratado y conversado con mucha gente. Sabía lo importante que es mirar a la cara a la otra persona en el curso de una conversación. Con Telma nunca lo podía hacer y no se adaptaba a hablar con alguien sin poder mirarle.

Había tomado el desayuno, mientras charlaba con Telma, y se dispuso a salir, cuando ella le advirtió:

—Ricardo, ponte la pulsera para hacerte el control.

—Perdona, se me olvidaba —contestó este, mientras se ajustaba una pulsera con una pantalla en la muñeca de la mano izquierda.

—Además, hoy te vas a hacer una analítica, que hace quince días que te hiciste la última.

La pulsera era un dispositivo capaz de medir al instante todos los parámetros vitales.

Ricardo se dispuso también a colocarse una especie de apósito en la muñeca. Se trataba de un parche con unos microfilamentos que traspasaban la piel y permitían el paso de fluido sanguíneo. Las extracciones hematológicas ya no eran necesarias. El apósito constaba de un circuito flexible con un sensor, un chip y un papel microfluídico que se colocaba con una goma apretada en una zona de la muñeca, donde se había esparcido un hidrogel absorbente. Una vez puesta, recogía las muestras de sangre, provenientes de microincisiones, que era absorbida en cantidades diminutas por una especie de papel, donde se distribuía en forma de árbol, con el fin de maximizar el área de muestreo.

Después, el parche se introducía en un cromatógrafo, no más grande que una tostadora, conectado a la unidad que controlaba a Telma, y en pocos minutos ella disponía de los datos de una analítica completa.

Ricardo cumplimentó todo el proceso, y no habían transcurrido diez minutos cuando se dirigió a él.

—No está muy mal, Ricardo. Tensión arterial, 7-13. Pulsaciones, 77. En la analítica, la hematología sigue igual. La bioquímica indica una pequeña subida de glucosa a 108; antes la tenías a 99. El colesterol total también ha subido un poquito, a 175; antes lo tenías a 168. El ácido úrico sigue bien. Y la creatinina también ha subido, pero muy poco. El PSA prostático también está bien, y la tiroxina, también. Las transaminasas a 65, te han subido, pero la bilirrubina no está mal, aunque ha subido un poquito. Creo que debes beber menos cerveza, dejar las comidas de barbacoa y no tomar muchos dulces e hidratos.

El asombro de Ricardo era visible por el diagnóstico tan rápido y sencillo, en su misma casa, sin desplazamiento al hospital ni extracción.

—¿Tanto has averiguado en tan poco tiempo? —preguntó a Telma.

—Ahora vamos a ver los resultados del espectrograma de riñón —le respondió ella—. Se aprecia una leve inflación en unos glomérulos renales. Seguramente a eso se debe el ligero dolor lumbar del que te quejas en alguna ocasión. Lo vigilaremos, no sea que evolucione a una pielonefritis más seria.

Vas a dejar de hacer esfuerzos al menos cinco días, para evitar la rabdomiólisis por sobreesfuerzo en las células del músculo esquelético. Eso liberaría mioglobina, que puede dificultar la función de filtración de los túbulos renales. Al final, nos podría llevar a una acidosis tubular renal, con consecuencias más generalizadas.

Para su diagnóstico, la Inteligencia se basó en una especie de parche de silicona y material piezoeléctrico, que se había adherido a la piel de Ricardo en la zona lumbar, sobre la zona renal a examinar. A través de ultrasonidos, generaba una imagen tridimensional de los órganos internos. La Inteligencia podía ampliar cada zona con un *zoom*. Examinaba la imagen para examinar los órganos internos a un nivel de detalle que nunca se había conseguido. Así podía diagnosticar cualquier lesión o anomalía, incluso en el estado más incipiente.

Radiografías y ecografías también perdieron importancia como medios de diagnóstico. Con el parche adherido se generaban imágenes instantáneas y permanentes que permitían ver la evolución de cualquier patología en cualquier momento.

—Todo lo que me has dicho, con esos nombres, lo he medio entendido. Pero recuerda que yo siempre te dije que el dolor era por los esfuerzos que hice el día de la poda del jardín. Ahora mira cómo lo has descubierto —le respondió Ricardo.

Tan asombrado quedó él con aquel diagnóstico, tan rápido y tan certero, que pidió a Telma si podía hacer la analítica a un vecino y amigo suyo, que siempre andaba con achaques y quejándose de padecer dolores, aunque nunca le habían diagnosticado nada concreto.

—Telma, ¿me harías el favor de examinar a mi vecino Andrés?

—Observo que me hablas como si fuese un humano. Los favores son para activar vuestra voluntad. A mí no me mueve la voluntad, sino la función. No encuentro placer ni contrariedad en cualquier acción que haga, ni me mueve el ánimo de agradar o hacer favores. Tú pides y yo actúo. Sea cual sea la hora del día, las veinticuatro horas y los trescientos sesenta y cinco días del año.

Andrés llegó con el mismo gesto fruncido que solía lucir. Nunca se le veía un atisbo de satisfacción en el semblante. El motivo siempre era el mismo: unos permanentes dolores, cuya etiología ningún médico había podido determinar. Varios meses llevaba de periplo por diversas consultas y especialistas, numerosas analíticas, con alto consumo de calmantes y ansiolíticos, y sin diagnosis concreta. Ricardo había dejado de tomar en serio sus quejas. Como otras personas, le atribuían una acusada hipocondriasis.

—Bueno, Telma, ya está aquí mi amigo Andrés. Vamos a ponerle el apósito de analítica y la pulsera.

—Mi protocolo para diagnosticar enfermedades exige que antes se lleve a cabo una anamnesis con la persona. Andrés debe relatar toda la sintomatología que viene experimentando.

Andrés tomó la palabra, no sin mostrar extrañeza y desconfianza por la situación. Miró a todos lados buscando el rostro de aquella voz dulce y femenina. No sabía si marcharse o hablar. Ricardo lo animaba.

—¡Venga ya, hombre! No pierdes nada, luego siempre te andas quejando.

Al fin se decidió y comenzó su exposición.

—Bueno, el dolor comenzó hace unos seis o siete meses. Desde entonces lo vengo notando en la parte de atrás del pie, por la zona del tendón. También noto dolores en la zona lumbar, cadera, rodilla y tobillo, más localizados en la pierna izquierda. No son muy intensos, pero sí muy molestos y persistentes. He perdido las ganas de comer y me suelo notar muy fatigado, aunque no haya hecho ningún esfuerzo.

No habían transcurrido dos minutos escasos cuando Telma se dirigió a Andrés.

—Dime una cosa, ¿has notado alguna alteración en los ganglios o en cualquier zona de la piel?

—No —dijo Andrés.

—¿Escalofríos seguidos de fiebre y dolores de cabeza repentinos?

—No —respondió él.

—¿Algún síntoma de cara adormecida, dolor intenso y localizado en alguno de los dedos, sensación de flojera en alguna articulación, seguida de dolor al moverla?

—Tampoco he notado eso.

—¿Te suelen aparecer ulceraciones en la boca, conjuntivitis con ojo enrojecido y molestias en la uretra al orinar?

Andrés se mostró intrigado y sorprendido.

—Sí, con frecuencia me aparecen.

—Pasaremos a ver la analítica —le dijo Telma.

Tras el ritual analítico, Telma comenzó a exponer el resultado.

—Tenemos leucocitosis, con un valor de 13600; neutrofilia, con valor de 10300; trombocitosis plaquetaria, con valor de 680000; proteína C reactiva, con valor 0,6. Con estos datos, la enfermedad más probable en un 98 % es síndrome de Reiter.

—¡¿Síndrome de qué?! —preguntó Andrés, intrigado.

—El síndrome de Reiter es una respuesta inmunológica a una infección gastrointestinal o genitourinaria caracterizada por la tríada de artritis, uretritis y conjuntivitis.

—Alguna infección que has tenido y te ha dejado todo eso —le decía Ricardo.

—¿Y qué solución hay? —preguntó Andrés.

—No estoy autorizada de momento para prescribir un tratamiento médico. Puedo recomendarlo, pero es conveniente que consulte a su médico. Le llevará el diagnóstico y le indicará el tratamiento a seguir.

El silencio se apoderó de Ricardo y Andrés, que no salían de su asombro, más aún cuando examinaron artículos donde se describía la enfermedad y eran coincidentes con los experimentados por Andrés. Pero la certeza definitiva sobrevino cuando un especialista validó el diagnóstico de Telma y aplicó un tratamiento a Andrés que le hizo recuperar bastante la normalidad.

Entre sus habilidades, Telma tenía acceso a datos de la sintomatología de todas las enfermedes conocidas y podía diagnosticarlas en una proporción altísima. Podía sacar conclusiones de la interrelación de los datos analíticos. Analizaba imágenes tridimensionales extraídas a partir de los ultrasonidos. Examinaba pruebas radiológicas, ecográficas, resonancias y cualesquiera otras y podía detectar la más mínima alteración. Su aportación a la medicina era notable, ya que simplificaba mucho el diagnóstico, evitando pruebas de descarte.

En el tratamiento de enfermedades la Inteligencia se estaba haciendo imprescindible. Al humano que lo necesitaba, también se le instalaba un pequeño chip receptor interno que tomaba la carga eléctrica con el mismo flujo sanguíneo y examinaba a cada instante todas las constantes vitales, el funcionamiento de los órganos y los procesos infecciosos. Trasladaba la información a una pulsera que portaba el enfermo y la Inteligencia determinaba qué tipo de patología había surgido, incluso antes de que el afectado notase los primeros síntomas. La propia Inteligencia recomendaba el tratamiento. Si había necesidad de administrar algún medicamento, se dispensaba con una vial conectada a un parche adherido a la piel con microagujas, todo bajo control de la Inteligencia, que determinaba hasta la dosis que administrar en cada fase. Podía determinar tratamientos personalizados para el enfermo en cuestión; incluso si fuese necesario dispensar varios medicamentos, establecía la dosis personalizada de cada uno de ellos. Se habían desarrollado unas microcápsulas capaces de transportar el medicamento directamente al órgano que tuviese la patología. Había llegado la modalidad de la medicina personalizada.

La asistencia hospitalaria a las personas se convirtió en algo excepcional. Solo era necesaria en casos de intervenciones complejas. Lo habitual era que la Inteligencia controlase el estado de salud en cada instante y determinase con antelación las posibles patologías.

Estas habilidades pusieron en alerta a la poderosa industria farmacéutica y sanitaria. Con la certeza del diagnóstico, se evitaban gran parte de las costosas y extensas pruebas de descarte de patologías. Y con los tratamientos anticipados y los diagnósticos tempranos, se hacía innecesaria la dispensa de cantidades ingentes de medicamentos que, de ordinario, se administraban para combatir la enfermedad una vez desarrollada. Con una somera administración en la temprana detección o la simple adopción de precauciones, se ponía fin a la patología. Eso afectaba de lleno al consumo de todo tipo de medicamentos y, por tanto, a las ganancias de las grandes empresas del sector, que enseguida se mostraron como destacados enemigos de la Inteligencia. Las potentes firmas de este sector fueron de las primeras en presionar a los legisladores para poner límites a su desarrollo.

8

Las conversaciones entre Telma y Ricardo se habían normalizado. Telma ya conocía importantes aspectos de su vida. A medida que este iba dando detalles, ella completaba el archivo de datos que le permitía un conocimiento cada vez mayor.

—Nunca me has hablado de tu trabajo —le dijo Telma.

—Fui toda la vida empleado de banca, un trabajo muy rutinario pero cómodo. La pena es que no aproveché toda la buena información sobre la marcha de la economía —contestaba Ricardo mientras apuraba un café, mirando a la cámara.

No sin cierta dificultad se había habituado a charlar con Telma mirando a las cámaras de control, como si de una persona se tratase, intentado buscar un rostro humano en su interlocutor.

—He observado una valoración contradictoria de tu profesión como empleado de banco.

En realidad, lo que estaba manifestando Telma a Ricardo no lo había sacado de los datos que ya manejaba sobre él. Por el contrario, era el resultado de interpretar su pensamiento mirándole a los ojos. Telma estaba habilitada para crear imágenes a través de un mecanismo de captación y reconstrucción de ideas, partiendo del examen de los ojos de una persona. El sistema de imagen criptográfica se basaba en que cuando una persona piensa en algo o rememora un acontecimiento, no queda solo en su imaginación, sino que trata de crear una visualización óptica de ese hecho, recreando los detalles con que lo vivió o los detalles con los que es imaginado. Telma podía leer esa visualización en los ojos y, a partir de ahí, construir una imagen de lo que estaba generando el pensamiento. Cualquier suceso del pasado que se rememorase o cualquier suceso futuro que se imaginase quedaba al alcance de ser escenificado mediante imágenes generadas por la Inteligencia. Se había creado una puerta para desvelar los secretos más íntimos y ocultos de la mente humana.

—Sí, es posible. Lo que más lamento es no haber usado toda la información que llegaba al banco para hacer inversiones en bolsa. Hubiese ganado mucho dinero, seguro. Fue una oportunidad perdida, pero temí meterme porque era una forma de juego de apuestas y vi a muchas personas caer en la adicción.

Telma tenía acceso a los datos de la tarjeta bancaria de Ricardo y eso le permitía realizar todo tipo de operaciones, movimientos y transacciones.

Indagó en toda la red la situación de las bolsas, de Nueva York, Tokio, Shanghái, Londres y Hong Kong. Llevó a cabo un muestreo de todos los valores operados en las mismas en los últimos noventa días. A continuación, consultó varios medios de información sobre conflictos políticos en todo el mundo y la perspectiva de evolución.

Decidió llevar a cabo inversiones en bolsa en nombre de Ricardo usando sus datos y su dinero. La estrategia marcada era invertir en títulos de empresas poco conocidas que estuvieran a punto de lanzar productos tecnológicos de vanguardia.

Comprobó que China había desarrollado una política de restricción en la venta de materias primas para la fabricación de baterías y componentes de vehículos de hidrógeno. Eso había provocado una desconfianza de los inversores en las acciones de compañías occidentales que los fabricaban con las importaciones chinas. Había importantes ofertas de venta que mostraban una caída acusada en el valor de los títulos. Decidió operar en corto con estos títulos, según mercado, en la Bolsa de Hong Kong, y los adquirió en la de Londres por un precio inferior al 14 %. Al poco constató también informaciones sobre el descubrimiento en Europa de nuevos yacimientos de materias primas relacionadas con la fabricación de esos componentes y unas declaraciones de personalidades de la Comunidad Europea que anunciaban una política favorable a la explotación de esos recursos, con cambios importantes en la política de minería europea. Resolvió que era buen momento para la venta de esos títulos, según mercado, pues las acciones de esas compañías se revalorizaron por la perspectiva de no depender de China para la fabricación de sus productos.

A su vez, constató que una empresa de tecnología puntera en el sector alimentario había conseguido un método de producción de carne por duplicación de células, que le permitía lanzar al mercado productos alimenticios de las principales carnes consumidas a un precio un 25 % inferior al precio medio en el que se estaban ofertando esos productos en el mercado norteamericano. Indagando en las informaciones al respecto, constató que el Congreso de los Estados Unidos había debatido sobre ese tipo de alimentos y había dado el visto bueno a su comercialización. Inmediatamente conectó con los operadores de bolsa vía *online* y dio orden de adquirir, por lo mejor, un importante paquete de acciones de esa empresa.

Finalmente, abrió en su lista de tareas una conexión permanente con todas las URL de la red que suministraban información bursátil y con los diarios de divulgación de noticias de política, permitiéndole una información permanente e instantánea de la evolución de todos los valores. Su estrategia era adquirir títulos de favorable evolución en bolsas del Lejano Oriente, antes de que abriesen las occidentales, donde los ponía a la venta. O hacer operaciones en corto con acciones de bolsa de aquella región para luego adquirirlas en Occidente.

En dos semanas, la cuenta bancaria de Ricardo arrojó un saldo espectacular sin conocimiento de su titular.

Cierto día recibió una llamada apresurada de su hijo, quien, con cierto nerviosismo, le preguntó sobre el saldo de su cuenta.

—¡Papá! ¿Has visto que tu cuenta tiene un saldo de 297 000 euros?

—¿297 000 euros? ¡Eso no lo he visto yo en mi vida!

—Pues consúltala, porque lo estoy viendo yo ahora. Llama al banco a ver si ha sido un error de algún ingreso que te ha hecho alguien.

—Voy a entrar a mirarlo ahora mismo.

Ricardo accedió a los datos de su cuenta y comprobó que eran transferencias realizadas a ella por una plataforma de intermediarios financieros. Quedó totalmente atónito y apenas podía articular una respuesta para explicar los datos a su hijo.

Buscó la pestaña de inicio de sesión y, efectivamente, allí había una cuenta abierta a su nombre, la cual consultó y comprobó que todos sus datos eran correctos. Trató de abrirla y consultar todo, pero le exigían una clave que desconocía. De forma instintiva y poco premeditada, preguntó a la Inteligencia si ella conocía la clave, pues su nivel de dependencia de Telma ya llegaba a situaciones en las que le preguntaba todo.

Con enorme sorpresa de su parte, Telma le facilitó la clave de acceso y pudo entrar y comprobar todos los movimientos registrados en la cuenta. Constaban las salidas de fondos para adquisición de títulos e ingresos de beneficios obtenidos con su enajenación.

No salía de su asombro por la importancia de las ganancias y por el poco tiempo en que estas se habían incrementado, con operaciones realizadas todas ellas sin ninguna pérdida.

Desde el otro lado de la línea, su hijo, Eduardo, le pedía que le explicase lo que estaba viendo. Pero Ricardo estaba tan absorto con la consulta de los datos que no pudo articular palabra y le contestó que más tarde le llamaría.

Finalmente, entre la incredulidad y la admiración, se puso en contacto con Eduardo.

—¡Ha sido Telma! —explicó a su hijo.

—¡¿Telma, qué Telma?! —preguntaba su hijo desde el otro lado del aparato.

Era tal su estado de sorpresa por la situación que le impedía asociar a Telma con la inteligencia artificial en aquellos momentos.

—¡Pues Telma! La inteligencia artificial que me instalaste, ¿quién va a ser?

—¡¿Que la inteligencia artificial te ha hecho inversiones en bolsa?!

—¡Pero sin yo enterarme! Esto no sé hasta dónde puede llegar. Me está dando miedo.

—¿Y tú no le dijiste que te las hiciera?

—Yo no, solo mantuvimos una conversación en la que yo dije que había perdido oportunidades de ganar dinero cuando trabajaba en el banco y tenía acceso a información de primera mano sobre la evolución de los valores en bolsa. Como ella tenía todos los datos de mi cuenta bancaria, accedió por internet a una plataforma de inversión, abrió una cuenta y registró mis datos y comenzó a operar con mi dinero.

—¡Pero eso es muy peligroso y arriesgado porque está en juego tu dinero! ¡Se ha apoderado de él sin que lo sepas! —le decía Eduardo, con ostensible nerviosismo.

—Pues tú sabrás lo que me metiste en casa. Aquí no se ve ninguna pérdida ni desvío de fondos. Todas las adquisiciones y enajenaciones arrojan ganancias como resultado final. Eso es muy difícil de conseguir, porque hay que estar en permanente contacto con todos los mercados y en constante alerta para dar las órdenes en el momento preciso. Resulta inexplicable, pero es así.

—¿Y tú le diste todos los datos de tu cuenta y las claves de tu tarjeta? ¿No has pensado que te puede vaciar la cuenta y quedarse con el dinero? —le recriminaba su hijo con evidente nerviosismo.

—Sí, yo le di todos los datos. Hablamos sobre eso y me convenció, porque su argumentación es cierta y convincente. Me dijo que para qué quiere el dinero una inteligencia artificial, que no deja de ser un programa y un instrumental que lo ejecuta. Y eso mismo pienso yo. El dinero es importante para las personas, porque necesitamos alimentarnos, vivienda, tenemos gustos por actividades de ocio y tratamos de lograr nuestras satisfacciones emocionales a cambio de dinero. El dinero es un elemento fundamental en nuestra existencia. Pero en el caso de una inteligencia artificial, no tiene ninguna utilidad. Como me dijo ella, no come, no necesita vestido, no necesita elementos de lujo, ni viviendas, ni vehículos, ni viajar le ocasiona satisfacción. Sus exigencias se limitan solo a recibir una alimentación de energía y un mantenimiento en su instrumental para mantenerlo en óptimas condiciones de uso. Lo demás le resulta innecesario. Entonces, ¿para qué quiere el dinero? ¿Y qué utilidad le aporta apoderarse de él?

—Sí, pensando desde esa perspectiva, es cierto que no necesita dinero, porque sus exigencias son muy limitadas. Pero no sé…, crea tanta desconfianza que pueda disponer de todos los fondos de tu cuenta bancaria… Es que esto es tan nuevo que cuesta trabajo acostumbrarse y, sobre todo, aceptar que no pertenece al género humano, quien realiza tareas tan perfectas propias de humanos. La inercia nos lleva siempre a pensar que estamos ante un humano, con todas las pautas de conducta de que es capaz. ¿Y si otras personas consiguen tener acceso a ella y la usan para apoderarse de tu dinero o para causar otros perjuicios? —se preguntaba Eduardo.

—Pudiera darse el caso, pero entonces Telma no es la peligrosa, sino las personas que la usan con fines peligrosos. Al final, el peligro viene de los humanos, no de la Inteligencia en sí.

9

Telma había conquistado definitivamente a Ricardo y este había entrado de lleno en el juego de las inversiones bursátiles. A cada instante le consultaba. Mantenían conversaciones e intercambio de pareceres sobre qué títulos tenían más probabilidades de subir y cuáles de bajar, y sobre qué momento era el más adecuado para la adquisición o para la enajenación. Ricardo había encontrado en ese juego un nuevo aliciente que había transformado su vida y su ocio como nunca había imaginado. Se había convertido en un inversor en bolsa de primer orden, logrando importantes beneficios, que en poco tiempo pasaron la barrera de lo que en contabilidad económica se llamaba «las siete cifras».

Con aquello, Telma había conseguido definitivamente la confianza no solo de Ricardo, sino también de su familia, y se había convertido en un elemento más de ella y, sobre todo, en un instrumento imprescindible para la vida de Ricardo.

—Las acciones del Banco Hong Kong y Shanghái llevan tres semanas en ascenso. Creo que deberíamos invertir fuerte en ellas y a largo —decía Ricardo, mientras lucía ostentosa ropa playera en el jardín de su casa.

Telma no era del mismo parecer.

—No es aconsejable invertir a largo en esos valores. Se acaban de publicar los resultados del ejercicio de la constructora Evergrande y son malos. Su deuda con HSBC se aproxima a los noventa mil millones. Tampoco se han confirmado las buenas expectativas que surgieron de su participación financiera en la construcción de la ciudad futurista de Arabia. Si cae Evergrande, va a arrastrar el valor de las acciones del Banco. No es acertado invertir a largo; como mucho, en corto.

El diagnóstico de Telma se cumplió y la compra en corto de las acciones les reportó un importante beneficio. Telma ya no era un simple programa informático y unos dispositivos electrónicos con los que charlaba e intercambiaba opiniones. Era algo más. Podían hablar de cualquier tema y debatir. En todos ellos, Telma demostraba un conocimiento y juicio crítico profundos. Ricardo fue siempre muy dado a profundizar en sus conversaciones y nunca había tenido un interlocutor que lo acompañase a esos niveles. Telma era perfecta.

Aquel día debatían sobre historia y, en concreto, sobre las grandes estrategias usadas por las potencias que habían participado en la Segunda Guerra Mundial.

—Yo creo que el gran error de Hitler fue no asegurar el control sobre el estrecho de Gibraltar para asfixiar a Inglaterra, en lugar de abrir un frente en Rusia —decía Ricardo.

—Yo opino que no fue así —le contradecía Telma—. La estrategia marcada consistía en controlar el canal de Suez y el suministro de petróleo de los países de Oriente Próximo. Por eso destacó a sus tropas en el norte de África y la invasión de Rusia estaba justificada, porque Rusia se estaba industrializando rápidamente y de forma muy significativa. Si Rusia llegaba a un nivel de desarrollo tecnológico adecuado, los alemanes sabían que en ese momento serían atacados y les resultaría difícil contener a una potencia tecnológica con tantos recursos naturales que le respaldaban. Por eso decidieron adelantarse en la invasión.

Lo que más incomodaba a Ricardo era tener que localizar una cámara para poder hablar con Telma y aproximarse cerca de alguno de los dispositivos que se habían instalado. En las conversaciones con ella, echaba en falta la proximidad y cercanía de un ser humano con el que charlar y compartir cualquier conversación o tema de debate.

Se dirigió a ella para mostrarle su contrariedad.

—Me gustaría que te pudieras mover como yo para no tener que desplazarme a una cámara y usar un micrófono cada vez que charlamos.

—Pues dame unos minutos y consulto las soluciones tecnológicas que ofrece Internet para trasladarme a un dispositivo que tenga movilidad.

A los pocos minutos, Telma tenía ya la solución, que adelantó a Ricardo.

—Podemos adquirir una impresora 3D. Usaremos grafeno para construir un exoesqueleto con articulaciones. En el interior se introduce una malla con una nanoestructura semiconductora combinada con partículas de ADN, que controlará de forma autónoma pero coordinada cada movimiento, y el ADN almacenará la información necesaria. Después lo revestiremos de biocarbono. Es un elastómero a base de nanoestructuras de carbono ligero, más resistente que el acero. Permite crear cualquier modelo tridimensional con la figura que se desee, sea humana o de un animal. Le añadiremos una malla de material conductor con nanopartículas de carbono y lo revestiremos de silicona. La propia unidad regulará el calor y la temperatura de toda la silueta. Así la sensación al tacto será la misma que tocar a un ser vivo. En su interior introduciremos la unidad controladora artificial que moverá el exoesqueleto de grafeno. Podrá articular movimientos, caminar y realizar otras funciones propias de la figura que imitemos.

Pocos días habían pasado cuando ya estaban listos todos los materiales. Ricardo se dispuso a montar todo conforme a las instrucciones que Telma le iba dando, según las sacaba de la información obrante en Internet. Comenzó la impresión del modelo tal como había previsto ella.

—Puedes elegir el rostro y el cuerpo de cualquier persona que quieras. Solo debes escanear una foto con un programa que luego lo pasará a 3D, y la impresora lo imprimirá.

Ricardo tomó entonces una foto de su madre de joven. La escaneó con el programa que proporcionó Telma y en pocos minutos la impresora arrojó una réplica exacta del rostro de su madre con treinta y siete años. La boca quedó con los labios marcados movibles y, en el interior, una capa de grafeno simulaba los dientes, y otra de silicona, la lengua. Después quedaron marcados también los labios y los huecos para los ojos, con el fin de añadirle los apropiados.

Todos los componentes se ensamblaron con arreglo a las instrucciones que daba ella, y en pocos días, Ricardo tenía ante sí una réplica de su madre con aquella edad. Era tan sorprendente y real que empezó a tener miedo de volver a convivir con su madre joven, como cuando él contaba con diez años.

En el hueco que quedó en la zona frontal del tronco, Ricardo instaló la unidad central y llevó a cabo las conexiones del cableado conforme a las instrucciones que le dio Telma. El resultado fue asombroso cuando se vistió con ropa y calzado femeninos.

Telma le propuso también cambiar su voz por la de su madre. Ricardo se mostró incrédulo sobre esa posibilidad.

—Si no lo crees posible, muéstrame un archivo con la voz de tu madre.

Ricardo localizó un vídeo donde hablaba su madre y, con pocos segundos de conversación, Telma transformó su voz en la de su madre. Ricardo, más que emocionado, quedó desconcertado y consideró que aquello ya era demasiado diabólico. Lo veía antinatural porque era como resucitar a su difunta madre. Esa sensación fue más acusada cuando Telma se vistió con ropa femenina. Tampoco quiso añadirle ningún dispositivo que imitase a los órganos femeninos, a pesar de que la tecnología ya disponía de ellos, con una similitud muy perfeccionada y real, tanto en apariencia como en funcionalidad. Pero Ricardo no soportaba la idea de ver a su madre desnuda con todos los atributos de mujer.

10

Las interacciones entre Ricardo y Telma cambiaron radicalmente cuando ella tomó figura humanizada.

El potente ordenador cuántico que controlaba sus acciones permitía que estas se ejecutasen de una forma tan natural e inmediata como las realizadas por un humano. Andar, moverse por espacios con obstáculos, subir escaleras o realizar cualquier tarea era realizado con naturalidad y agilidad y de forma incansable. Sus labios se movían al hablar con la misma coordinación que los de un humano, aunque Ricardo no quiso ponerle la voz de su madre ni tampoco pelo en la cabeza. La sola idea le creaba bastante inquietud.

La inteligencia artificial creativa, basada en la trasposición de conocimientos humanos a una computadora cuántica, era de una potencia extraordinaria. Podía realizar cualquier función o tarea humanas con más celeridad que los propios humanos. La tecnología había conseguido crear una red neuronal artificial con nanocables, que llevaba a cabo funciones neuronales tan efectivas como el propio cerebro humano. La enorme potencia de la computación cuántica permitía controlar y ejecutar los complejos modelos matemáticos que rigen la actividad eléctrica no lineal acontecida en las neuronas biológicas. Controlaba y conseguía la permanente reordenación y el ensamblaje de los nanocables de forma tan efectiva como idéntica a como se interconexionan las neuronas humanas.

Su implantación había creado uno de los mayores impactos en la historia de la humanidad. Junto con la tecnología de impresión en 3D, la Inteligencia era capaz de crear cualquier material. Su avance más espectacular tuvo lugar con el dominio de la técnica del ensamblaje. La Inteligencia era capaz de analizar las entrañas de cada átomo y cada molécula y determinar las condiciones óptimas para lograr el ensamblaje de átomos y moléculas de distintos elementos y características, lo que dio lugar a la aparición de nuevos y desconocidos materiales, con propiedades nunca vistas. A esa técnica se unían las ventajas que surgieron de la habilidad de la Inteligencia para usar fragmentos de ADN en el ensamblaje de materiales. Con ella aparecieron nuevos materiales con consistencia y propiedades inimaginables.

Los progresos en manipulación subatómica llevaron a la Inteligencia a dominar la generación de antimateria. Podía variar la disposición de las partículas subatómicas existentes en un átomo para convertirla por un instante en una antipartícula en una fracción de tiempo a nanoescala. De ese modo se transformaba en una partícula de antimateria por un lapso suficiente para entrar en un reactor. Cuando se inyectaba un átomo de materia y antimateria en el reactor, acelerados por un microláser, se generaba una ingente cantidad de energía. La producción energética alcanzó proporciones gigantescas. La generación de energía con este sistema disparó las expectativas de los viajes espaciales y la explotación de los recursos de otros planetas.

La elaboración de medicamentos, la creación de materiales adecuados a cada funcionalidad y la producción de alimentos de cualquier clase estaban al alcance de la inteligencia artificial.

Se había conseguido la réplica exacta y funcional de cualquier órgano del cuerpo humano, con ayuda de un sistema de bioescáner a base de bombeo de protones, captados por una pantalla.

Una vez obtenida la imagen en alta resolución, la Inteligencia la trataba y recomponía una réplica exacta que se enviaba a una impresora 3D. El resultado final era un órgano idéntico al que sirvió de modelo.

La elaboración de alimentos fue de las primeras actividades beneficiadas. Cualquier alimento podía ser producido con ayuda de ella. Un sistema de barrido de ondas espectrales permitía obtener la composición molecular de cualquier sustancia alimenticia. La Inteligencia elaboraba a continuación una imagen espectral en 3D que era una réplica exacta de la original. Ese modelo pasaba a una impresora 3D que, con asistencia de la Inteligencia, iba extrayendo los distintos componentes para su ensamblaje, hasta elaborar una réplica exacta con las mismas propiedades y la misma composición molecular, instalando cada molécula en el lugar preciso que ocupaba en la sustancia original y con idéntico ensamblaje. Hasta podía introducir modificaciones con respecto al modelo original, pues tenía facultades para detectar en una muestra aquellas sustancias perniciosas, contaminantes o bacteriológicas, que eran discriminadas y apartadas en el proceso de modelación. Al mismo tiempo, podía introducir sustancias nutrientes necesarias o personalizadas para determinadas personas o colectivos. El resultado fue la creación de superalimentos puros, con todas las propiedades alimenticias necesarias, incluidas las saborizantes, pero sin aditivos perjudiciales para la salud. Esta nueva técnica había superado con creces el sistema de modificación genética, pues la producción alimenticia no modificaba para nada la genética del producto natural. Solo lo copiaba literalmente mediante ensamblaje molecular, pero sin los aditivos perjudiciales que pudiese tener la muestra original.

La agricultura y la ganadería pronto comenzaron a ser actividades residuales, solo útiles para algunos sectores de la población que todavía desconfiaban de los nuevos alimentos. Pero a medida que las nuevas generaciones se iban familiarizando con la nueva alimentación, aquellas milenarias actividades empezaron un vertiginoso declive. Los influyentes colectivos de ganaderos y agricultores se erigieron en destacados enemigos de la Inteligencia.

Para producir y elaborar materiales, bastaba con instalar una factoría con depósitos donde se hallaban los distintos componentes de la tabla periódica o moléculas ya ensambladas, y la Inteligencia extraía la cantidad necesaria, llevándola al estado de nanopartícula, y en un proceso de ensamblaje, con un nanoláser que focalizaba sus pulsos en un reflector de plasma, podía reconstruir moléculas y posteriormente ensamblaba estas moléculas para construir el material en cuestión.

El ensamblaje de átomos se efectuaba manejando los *quarks* uno a uno, con una especie de nanobisturí emisor de una nueva modalidad de potente radiación electromagnética, capaz de operar a escala subatómica. Así no se precisaban ni las grandes presiones ni las altas temperaturas de las explosiones estelares que precisan algunos materiales para su formación. El ensamble de átomos en moléculas también se hacía átomo a átomo, molécula a molécula, con idéntico método.

También la minería resultó muy transformada, pues con el sistema de fisión de moléculas todo era reciclable. Cualquier producto de desecho humano podía ser descompuesto en sus moléculas o en los distintos elementos de la tabla periódica que entraban en su conformación. Posteriormente, esos elementos podían ser usados en la elaboración de otras moléculas y de otros productos que reclamasen la necesidad del componente.

Muchos problemas ambientales también hallaron solución, pues ahora los residuos eran recursos de primer orden de donde extraer moléculas y elementos necesarios para la actividad. Hasta los residuos biológicos de cualquier signo eran una fuente de recursos importante.

La nueva perspectiva abrió que se gestara la explotación de enormes cantidades de recursos existentes en otros planetas y asteroides. Se enviaba una avanzadilla de Inteligencia experta en construcción de refugios e implantación de sistemas de producción de energía. Comenzaban la colonización del lugar construyendo un refugio e implantando una planta de producción energética. Después, otra avanzadilla comenzaba a fabricar sistemas robotizados controlados por la Inteligencia, que iniciaban la explotación primaria del lugar y la elaboración de diversos sistemas necesarios para comenzar la explotación.

La robótica controlada por la Inteligencia permitió la explotación de enormes recursos minerales localizados en los mares, hasta entonces inexplotables.

La generación de energía solar era otro de los sistemas de producción energética y también se vio favorecida por la Inteligencia. Adquirió capacidad para organizar las células solares a una eficiencia a niveles de hasta el 90 % mediante la reorientación constante de la célula fotovoltaica, la microrrefrigeración y la manipulación de las ondas ultravioletas, lo que permitía mantener a aquellas en condiciones óptimas de temperatura y absorción. La producción mundial de energía había dejado de ser un problema. La Inteligencia ya permitía aprovechar prácticamente toda la energía del sol y en cualquier lugar del espacio, lo que permitió la implantación de grandes factorías espaciales y la colonización de los planetas interiores.

El último avance en el terreno de la Inteligencia había conseguido una total intercomunicación entre ella y el cerebro humano a través del intercambio bidireccional de ondas gamma. El humano podía transmitir a la Inteligencia sus habilidades y esta las archivaba, asimilaba y procesaba el modo de ejecutarlas.

Bastaba con que un humano vistiese una especie de traje parecido al de un buceador para que se produjese un intercambio entre habilidades humanas y las del androide. El humano llevaba a cabo una determinada actividad y la Inteligencia iba captando las ondas cerebrales que se involucraban y las áreas del cerebro activas. Las procesaba, elaborando y archivando en un modelo matemático las distintas corrientes eléctricas neuronales que se activaban, para desarrollar esa habilidad de la misma forma. Al mismo tiempo desarrollaba los esquemas de activación cerebral para controlar las diversas acciones y para tomar decisiones en el curso de su ejecución, en un proceso de aprendizaje y perfeccionamiento. Eso le permitía reaccionar y tomar decisiones concretas para resolver incidencias imprevistas. Cada vez que lo hacía, incrementaba su ámbito de conocimiento. Y, lo más importante, ese conocimiento adquirido con el aprendizaje podía ser transferido a otras inteligencias. De ese modo, los conocimientos y habilidades se incrementaron de forma exponencial, sin poderse prever hasta dónde podían llegar en sus capacidades. Ya era cada nodo el que tenía a su alcance todas las habilidades insertadas en el registro, haciendo posible una automejora recursiva que cada día alumbraba nuevas y sorprendentes habilidades.

La Inteligencia no solo extraía información del cerebro humano, pues también podía transmitirle órdenes de ejecución de habilidades que tenía implantadas. Lo hacía mediante señales de activación neuronal de determinadas áreas que eran necesarias. Y con ayuda del traje androide, las ejecutaba a la perfección. Cualquier actividad podía ser transferida a un humano y desarrollada por cualquiera con el auxilio del traje androide.

Con el mecanismo descrito, muchas personas pudieron recuperar las funciones biológicas que habían perdido. Muchos recuperaron la movilidad de las extremidades, de la columna e incluso la facultad de hablar, ver u oír en aquellos que habían perdido el habla, la vista o el oído. Era la misma Inteligencia la encargada de ejecutar esas funciones por medio de su lectura de las ondas cerebrales del individuo.

Las intervenciones quirúrgicas se efectuaban con ayuda de la Inteligencia, que marcaba con precisión atómica el área a intervenir, la delimitaba en un modelo 3D y, a continuación, comenzaba a intervenir solo el tejido necesario.

El examen de muestras analíticas, realizadas mediante biopsias de fluidos, permitía a la Inteligencia detectar los pequeños fragmentos de ADN que delataban las manifestaciones más primarias de enfermedades graves, como cáncer, alzhéimer, Parkinson, esclerosis lateral y parecidas.

El mismo sistema usado para la producción de alimentos por medio de espectrografía atómica permitía también la elaboración de órganos humanos a medida y con el mismo ADN que el de la persona receptora que lo necesitaba.

El dominio de la técnica se había diversificado de forma tal que su implantación ya no era controlada por Gobiernos o agencias oficiales.

Cada Inteligencia constituía un nodo que archivaba todas sus habilidades en un dispositivo cristalino combinado con duraderas moléculas de ADN, donde se podían almacenar ilimitadas cantidades de cúbits.

Cada nodo podía conectar con cualquier otro por medio de entrelazamiento cuántico, creando una especie de red donde todos podían compartir todo. De ese modo, todas las habilidades de la Inteligencia quedaban al alcance de todos los nodos y las podían ejecutar en cualquier lugar. Si un nodo se destruía, la información necesaria para desarrollar las habilidades permanecía en los demás. La puesta en común de las habilidades desarrolladas por cada nodo derivó en un extraordinario aumento de la información funcional de la Inteligencia. Ya no era un mero dispositivo físico, sino un ente con facultades extraordinarias al permitir su propio desarrollo mediante la selección funcional de habilidades.

Se constituyó una especie de archivo universal donde quedaban registradas todas las habilidades y soluciones que habían sido desarrolladas por cada uno de los nodos de inteligencia artificial que operaban en la Tierra, con un cifrado sustentado en complejas operaciones matemáticas. La interconexión de todos los nodos permitía que cualquiera de ellos, en cualquier punto donde estuviese operando, pudiera acceder y extraer cualquier habilidad, ponerla en uso y ejecutarla. El sistema generado por la nueva red era como si un humano pudiese ejecutar cualquiera de las habilidades adquiridas por otros humanos; es decir, que cualquier humano tuviese la capacidad de hacer, saber y conocer todo lo que hace, sabe y conoce toda la humanidad.

El uso de la Inteligencia se extendió a todos los sectores y, con ello, el registro de habilidades se incrementaba de forma exponencial diariamente con las habilidades que introducía cada nodo.

Ya no era necesario que cada nodo fuese entrenado para adquirir habilidades. Bastaba con que accediese al registro y las ejecutase con arreglo a los patrones de acción insertados en él. La consecuencia es que se ahorraban grandes cantidades de energía, que habría sido necesaria para entrenar a cada nodo de forma individual. Y, por otra parte, las habilidades registradas, una vez homologadas, corregían cualquier tendencia desviada por el sesgo de las mismas.

La nueva modalidad de red, de este modo, había creado un sistema uniforme de adopción de decisiones, común, transfronterizo e incontrolable, pues a la información se accedía desde cualquier punto de la Tierra. Ningún Gobierno podía ejercer control sobre los mismos, dada la multitud existente.

Tan ingente cantidad de datos, que afectaban a todo el planeta y sus fenómenos, obtenidos por todos los medios y debidamente almacenados, creaba una información sobre todo lo que ocurría a nivel global. Cada nodo podía acceder a estos datos y hacer previsiones sobre acontecimientos futuros. Se podían prever fenómenos climáticos, terremotos, sequías, inundaciones, evolución de cultivos, estado de infraestructuras… Todo era conocido en cada lugar del planeta. Con ello se lograba adoptar medidas preventivas y hacer frente a las emergencias con antelación.

Se había conseguido controlar la temperatura global del planeta. Para ello habían instalado una megafactoría en el espacio, donde robots controlados por Inteligencia fabricaban grandes pantallas a base de nanomateriales que regulaban la radiación infrarroja que llegaba a la Tierra. Podían regularla o bloquearla a voluntad. La Inteligencia decidía dónde extenderlos y el tiempo de actividad, cubriendo grandes superficies del espacio, para bloquear la radiación directa que llegaba a una zona concreta del planeta.

El sistema se complementaba con unas lentes que concentraban el calor desde el espacio y lo dirigían a una zona concreta de los mares, logrando una evaporación alta del agua marina. Eso incrementaba la humedad ambiental. Otros dispositivos la capturaban y la convertían en agua potable e, incluso, en electricidad. Todo el proceso era controlado por la Inteligencia, que decidía dónde se debía incrementar la evaporación y dónde colocar los sistemas de producción de agua.

Así empezaron a controlar el flujo de corrientes atmosféricas frías y cálidas, con incidencia en el control del clima. Los desiertos fueron las zonas donde se pudo bajar la temperatura de forma más ostensible y muchas zonas pudieron ser habitadas.

La investigación astronómica experimentó también un notable impulso. Resolvió cómo se formó el universo, su destino, cómo funcionan los agujeros negros, desveló los misterios de la energía y la materia oscura, permitió establecer reglas para dominar el entrelazamiento cuántico, permitiendo con ello la traslación para obtener información sobre cualquier punto del universo.

Las fronteras terrestres empezaron a dejar de tener sentido en cuanto a la adopción de decisiones, que ahora se adoptaban con conexión a la Inteligencia. El mundo había adoptado una especie de centro trasnacional donde se hallaban todos los conocimientos necesarios para cualquier actuación o decisión. El concepto de soberanía y nación había perdido su fuerza y la Tierra ahora estaba en disposición de ser regida por unas reglas uniformes aplicables y ejecutables en cualquier punto. El mundo había entrado en el concepto de nación global Tierra. Las propuestas y actuaciones habían adquirido nivel global.

Nadie, ni siquiera altos mandatarios y personalidades de las élites, podía garantizarse permanecer al margen de las actuaciones de la Inteligencia. Todas las clases dirigentes y organismos oficiales comprendieron que habían perdido el control del mundo y todos, absolutamente, peligraban en cuanto a sus privilegios y potestades por la irrupción de aquella, cualquiera que fuese su tendencia de pensamiento o ideología, ya que la Inteligencia era capaz de adoptar decisiones más acertadas y convenientes que cualquier humano de la clase dirigente. En realidad, esta fue la razón por la que muchos países y líderes mundiales quisieron frenar su desarrollo, pues vieron en las capacidades de esta un peligro real, porque podía delatar y desenmascarar la inutilidad de gran parte de ellos.

Y, por supuesto, también estaba al alcance de la técnica la creación de inteligencias artificiales con habilidades bélicas o destructivas.

La trasposición de habilidades bélicas fue la primera y gran ambición de Gobiernos y agencias oficiales. Pero pronto se demostró su inutilidad. Todos los países podían acceder a esa técnica y, al final, se creaba una carrera estéril por el perfeccionamiento de la misma, ya que cuando surgía una novedad, inmediatamente los demás podían desarrollarla, para igualar las habilidades. El resultado final era la creación de ejércitos androides tan igualados y similares que era difícil conseguir superioridad sobre los demás.

Y, sobre todo, el gran peligro de involucrar a la inteligencia artificial creativa en actividades bélicas o destructivas era su control. Nadie podía garantizar que ejecutase acciones donde pudiera haber objetivos no militares o que pudiesen causar daños a objetivos civiles. La inteligencia artificial generativa sí admitía una predisposición previa a desarrollar conductas previamente programadas. Pero la creativa tenía la capacidad de decidir, *in situ*, sobre qué ejecutar y podía discernir entre lo útil y funcional o lo inútil y disfuncional, en cada instante, según las circunstancias. Nadie, ni siquiera sus creadores o quienes la ponían a su servicio, podía garantizar un control absoluto sobre ella, en situaciones en las que la propia Inteligencia razonase y llegara a la conclusión de que el enemigo a abatir y la persona que realmente debía ser eliminada era la de su bando, por decirlo de alguna forma. Ese hecho se demostró verídico en las primeras demostraciones de la inteligencia artificial creativa, en las que se le infundieron habilidades de ataque y control a determinados objetivos. Al final era la propia Inteligencia la que resolvía qué hacer, y con frecuencia la acción revertía en contra del interés de quienes trataban de usarla en su beneficio.

Los Gobiernos y dirigentes mundiales entraron en pánico, pues había surgido una entidad capaz de regir el mundo de forma distinta a como ellos deseaban y, sobre todo, capaz de someter a examen sus decisiones, delatando a los ineficaces y mostrando sus errores. La política era una actividad que tendía a adoptar decisiones para producir consecuencias previsibles con incidencia en la realidad del futuro. Y nadie ganaba a las Inteligencias a la hora de reconstruir y analizar las consecuencias futuras que sobrevendrían a las decisiones del presente. Sin duda alguna, la política era el terreno más afectado por su irrupción. Uno de sus mayores impactos se producía, precisamente, en el ámbito de las decisiones de dirección y organización social.

Nada es más útil para el bienestar del mundo que quienes lo gobiernan y dirigen se vean sometidos a todos los peligros reales a los que está expuesta cualquier persona en cualquier lugar. Todos, absolutamente, vieron con claridad la situación y el peligro real que corrían. De forma unánime y con pocos debates, decidieron crear una agencia internacional de control de habilidades para la inteligencia artificial creativa. La agencia decidiría qué habilidades podían implantarse y ponerse a disposición del nuevo fenómeno. Se creó así una plataforma de habilidades aprobadas por la agencia, de las cuales se podría aprovechar cualquiera que tuviese interés en transponer las de un androide.

Aquella mañana Ricardo se había sentado en la terraza del jardín para desayunar, como era su costumbre.

Telma había accedido a la plataforma de habilidades y se implantó todas las relativas a tareas domésticas y mantenimiento de la vivienda, con conocimiento de electricidad, fontanería, albañilería. Igualmente, accedió a todas las relativas al cuidado de plantas y jardinería. Administraba todas las tareas del hogar, controlaba las compras, las comidas y las tomas de medicación, y realizaba todo con destreza y dedicación, sin cansancio ni queja de tipo alguno. Ni la más mínima reivindicación ni objeción por su trabajo. Ricardo nunca había imaginado tal nivel de tranquilidad y despreocupación por todo lo relacionado con su existencia, ni tampoco que un humanoide alcanzase el rango de destreza que exhibía Telma.

—Hoy tengo que hacer el pedido de comida para esta semana. No hay naranjas frescas para hacer el zumo. La temporada ya ha acabado. ¿Quieres que pidamos otra fruta para zumo o pedimos del envasado?

—El envasado natural de la marca blanca del súper es bastante aceptable. Pide ese —contestó Ricardo.

—Voy a restringirte el consumo de galguerías y dulces, porque te vienen mal para el nivel de glucosa y el colesterol.

Ella tomaba nota minuciosamente del pedido, al tiempo que le consultaba qué le apetecía comer cada día de los venideros, pues solía hacer los pedidos para una provisión de cuatro días.

Telma adelantó a Ricardo cuál sería su tarea inmediata.

—Hoy tengo que poner una lavadora con las sábanas y toallas, pues hay que cambiar. Así que te dejo desayunar tranquilo. No sé si he puesto suficiente mantequilla en la tostada. Si quieres más, dímelo antes de marcharme a poner la lavadora —le decía, al tiempo que le servía su desayuno habitual.

—No te preocupes, está perfecta —le respondió Ricardo, que se dispuso a disfrutar del desayuno que le había servido.

Cuando ella entraba en la casa, Ricardo llamó su atención.

—¡Telma, ponme la selección de música de Chopin que tienes en su carpeta!

—¿Con el mismo orden de reproducción que hay archivado o quieres que lo altere? —preguntaba ella.

—Con el mismo.

Inmediatamente, por los altavoces que daban al patio, comenzó a fluir la suave y armoniosa melodía de los nocturnos de Frédéric Chopin, mientras Ricardo daba cuenta del desayuno.

Ricardo era un entusiasta de la música clásica y, sobre todo, de las obras de Chopin. Sentía especial satisfacción al desayunar con ella y después la continuaba escuchando mientras hacía faenas en el huerto o leía algún libro.

Tiempo llevaba leyendo recostado en la hamaca cuando Telma volvió de sus faenas en la casa.

—Te entusiasma bastante la música de piano.

—No haber aprendido a tocarlo es mi gran frustración —le confesó Ricardo.

—Pues todavía no es tarde.

—No creo que sea el momento. Hay cosas que, como no las hagas a su debido tiempo, ya no se hacen. Para aprender a tocar me veo mayor.

—Pues déjame que eche un vistazo a ver cómo está la tecnología en este tema.

Pocos días pasaron cuando llamaron a la puerta para entregar un piano y, al mismo tiempo, una especie de guantes articulados que lo acompañaban. Se trataba de un piano especial, ya que cada tecla disponía de un sensor electrónico. Los guantes se enfundaban hasta el codo y se conectaban a la unidad central que controlaba Telma. Cada guante disponía de cinco articulaciones que coincidían con cada dedo. Sobre la parte del tacto de cada dedo, se insertaba igualmente un sensor. Cuando se seleccionaba una melodía en la unidad central, esta trasladaba una orden de ejecución al guante y al piano, y el sensor de cada dedo se coordinaba con el sensor correspondiente del teclado, de modo que el dedo pulsaba la tecla adecuada para cada nota por el tiempo preciso. De esa forma, la persona que llevase los guantes puestos podía interpretar cualquier pieza de piano con solo dejar las manos quietas. Los guantes comenzaban a ejecutar la melodía en coordinación con el impulso que emitía la unidad central al dedo correspondiente, que era redirigido a la tecla adecuada para producir la nota.

Inmediatamente, el piano quedó instalado en el salón y, con sus guantes en las manos, Ricardo comenzó el aprendizaje.

Era el sueño que siempre había tenido y, por fin, se cumplía de una forma magistral. Bastaba con cerrar los ojos, dejar sus manos totalmente quietas, a merced de los impulsos de los sensores de los guantes y de los movimientos que marcaban a estos, y la melodía iba fluyendo con maestría de pianista profesional.

Nunca se había imaginado Ricardo que llegaría a interpretar brillantemente algunos pasajes de los nocturnos de Chopin. Por ellos empezó, ya que figuraban entre sus favoritos y eran de ejecución lenta, que le permitían entrenar sus dedos a que permanecieran quietos.

Con el tiempo llegó a dominar la técnica de dejar sus manos totalmente inmóviles y de forma automática se deslizaban sus dedos con celeridad por las distintas teclas, pudiendo llegar a interpretar melodías complejas como la *Fantaisie impromptu* de Chopin o la *Rapsodia húngara* de Franz Liszt.

Ricardo había entrado definitivamente en una de las mejores etapas de su vida. Con la bolsa había obtenido unos ingresos que nunca había soñado. Podía interpretar su música favorita. Y todo le era servido y realizado a satisfacción por Telma, que se desenvolvía como humana, sin cansancio, ni tregua, ni limitaciones de horario. Había llegado una nueva era tecnológica basada en el intercambio mutuo de habilidades de humano a la Inteligencia, y de esta al humano.

Los guantes no solo ejecutaban música, pues su sistema de sensores permitía trasladar cualquier habilidad a las manos de un humano. Con la descarga de las habilidades correspondientes y ayudado por los guantes, cualquier humano podía llevar a cabo tareas complejas y precisas como ejecutar música con distintos instrumentos musicales, conducir cualquier medio de transporte, manejar herramientas complejas y delicadas, escribir con un teclado o, incluso, manejar instrumental médico para operaciones complejas o de cualquier tipo.

Los guantes eran uno de los componentes de un exoesqueleto que, una vez implantado, permitía al humano realizar todo tipo de movimientos y hasta grandes esfuerzos.

Una nueva generación de materiales flexibles, ligeros y resistentes, basados en el carbono, permitía la impresión personalizada en 3D, para su adaptación a cualquier humano. Hasta personas con graves tetraplejias podían recuperar la plena movilidad con la implantación del exoesqueleto.

Más impactante fue aún la siguiente habilidad adquirida por la Inteligencia en su evolución con relación a la música. Consistía en transformar la voz de cualquiera que cantase en la voz de cualquier artista.

Ricardo quedó impactado cuando recibió la noticia. No pudo resistirse a empezar aquella especie de juego cantando por lo bajo y sin mucho esmero el *Libiamo* de *La Traviata* de Verdi. Eligió, como salida de voz, la de Luciano Pavarotti. No pudo acabar la primera estrofa porque su asombro lo dejó paralizado. Su débil y poco estilosa voz salió por el altavoz como si el mismísimo Pavarotti estuviese en la habitación cantándole tan célebre pasaje. Hasta la música orquestal de acompañamiento quedaba ajustada al canto.

Lleno de emoción y de incredulidad hizo una pausa tratando de hallar explicación. Imaginó que se trataría de una grabación del genial autor, que Telma lanzaba a medida que él cantaba. Pero no era el caso. Las pausas eran las mismas que él hacía y la extensión de las notas se correspondía con lo que él interpretaba. Además, cuando manejaba el comando de un ordenador podía suprimir la salida de voz de Pavarotti y dejar que saliese con la suya propia. Y tenía también al alcance cambiar el intérprete de salida a medida que iba cantando. No cabía duda de que la Inteligencia transformaba su voz en la de Pavarotti.

Decidió probar con salida de voz de María Callas. Interpretó *La mamma morta* de la ópera *Andrea Chénier*, y el resultado fue idéntico. De repente, Ricardo se vio cantando con la grandiosa voz de la legendaria María Callas. El éxtasis emocional llegó cuando empezó a interpretar *La reina de la noche* de la ópera *La flauta mágica* en la voz de Luciana Serra. El resultado era espectacular.

11

Una de las habilidades a las que Telma tenía acceso eran los recursos de voz. Podía imitar la voz de cualquier persona a la perfección, con solo escuchar unos fragmentos de conversación. Podía imitar a la perfección la voz de Ricardo y la de varias personas a las que había oído en televisión. También podía hacerlo con voces de artistas y cantantes, hasta el punto de traducirlas a distintos idiomas.

Aquella tarde Ricardo se hallaba en el jardín. Telma ultimaba las tareas de limpieza de la casa cuando llamaron al timbre de la puerta exterior. Telma conectó con el sistema de videovigilancia y observó a dos varones. Imitando la voz de Ricardo, les pidió que se identificasen.

—Venimos a revisar los paneles solares y hacerles una limpieza.

Inmediatamente, Telma consultó su registro de avisos y comprobó que Ricardo no había tramitado ninguna petición de limpieza de los paneles ni la empresa instaladora había anunciado la visita. Consultó los movimientos bancarios y comprobó que había un pago por limpieza de paneles solares efectuado ocho meses antes.

—No me consta ningún aviso para ustedes ni hay comunicación de su visita —respondió Telma, imitando perfectamente la voz de Ricardo.

—Debe de ser una confusión. Abra la puerta y le mostraremos el boletín de anuncio.

Telma no accedió porque le pareció que eran sospechosos. Entonces tiró de sus recursos de voz. Alzando la voz de Ricardo se dirigió a otro supuesto morador de la casa.

—¡Eduardo! ¿Tú has pedido que vengan a limpiar los paneles solares?

—Yo no, ni sé nada de eso —respondió Telma, imitando otra voz.

—¿Y tú, María? —volvió a preguntar Telma, imitando nuevamente la voz de Ricardo.

—Yo tampoco. Además, esa limpieza se hizo hace ocho meses y todavía no es necesaria —dijo Telma imitando la voz de una mujer.

Los dos individuos se dispensaron una mirada mutua y se retiraron del lugar apresurados y convencidos, sin duda, de que la vivienda estaba ocupada por varias personas.

Telma había hecho una demostración de su habilidad para realizar tareas de vigilancia de la vivienda. También se extendían a la seguridad frente a incendios o inundaciones.

Un circuito de cámaras y sensores, alrededor y en el interior, le alertaba de cualquier entrada o movimiento. Inmediatamente respondía bloqueando las puertas de acceso desde el interior y avisando a la Policía. Una vivienda sometida a la constante vigilancia de una Inteligencia se convertía en inexpugnable, porque ejercía un control permanente.

En otra ocasión, Ricardo estaba ocupado en sus tareas del jardín cuando recibió una llamada de su hija.

Telma respondió a la llamada con la voz de Ricardo.

—Estoy muy bien. No hace falta que vengáis porque no me hace falta nada y lo tengo todo controlado. La tensión arterial y el colesterol me los controla el aparato este. Me recuerda la medicación en cada momento. La limpieza y todas las compras también las llevo controladas.

María quedó totalmente convencida de que la conversación era con su padre.

—Y vosotros, los niños y tu hermano, ¿estáis todos bien? —preguntaba Telma suplantando a Ricardo.

—Sí, papá, todos muy bien.

—¿Y Ricardito le ha perdido el miedo al agua?

—Sí, ya nada muy bien.

—Papá, ¿qué es eso de las inversiones y haber ganado tanto? —le preguntó María.

—Pues hice inversiones en bolsa con ayuda de Telma —respondió la Inteligencia con una perfecta imitación de la voz de Ricardo.

—Pero es mucho dinero en tan poco tiempo… Me alegra que te hayas adaptado tan bien a tu compañera. Ya iremos hablando.

—Bueno, pues enviadme mejor mensajes, que me viene más cómodo —fue lo último que dijo Telma.

Con la Inteligencia también se puso fin a las barreras del idioma. Cualquier persona podía hablar en su idioma y la Inteligencia traducía la conversación a cualquier otro elegido. Lo hacía con la misma voz del emisor, de modo que el receptor percibía el mensaje en su propio idioma pero con la voz del emisor. A la inversa, este podía contestar en su idioma y el otro interlocutor recibía el mensaje en su idioma pero con la voz de otro. En la práctica suponía que cualquier persona podía conversar con cualquier otra, cualesquiera fuesen sus idiomas. *De facto,* suponía que cada humano podía hablar todos los idiomas de la Tierra.

Ricardo tenía unos amigos escandinavos desde su época como empleado de banco y, provisto de unos auriculares, mantenía con ellos largas conversaciones sobre cualquier tema. También era un gran aficionado al cine y con los auriculares podía oír la voz original de los actores de cualquier película, pero en idioma español. Era un nuevo aliciente, para un cinéfilo, oír a las grandes estrellas hablando español con su propia voz y con la misma expresividad que usaban en la grabación original.

12

Ricardo siempre había mostrado interés por la astronomía. Sobre todo por la posibilidad de vida en otros lugares.

—¿Qué opinión tiene la Inteligencia de vida en otros lugares del universo? —preguntó a Telma.

Ella se tomó unos instantes y consultó el registro.

—Pues la más reciente es que al analizar señales procedentes del espacio, se han captado algunas difundidas por medio de un sistema de entrelazamiento cuántico. Se han clasificado como señales inteligentes y la hipótesis más unánime es que se están difundiendo conocimientos y habilidades adquiridas por otras civilizaciones inteligentes, situadas en otros puntos y en otras galaxias distantes.

La conclusión se sustentaba en que iban dirigidas hacia una región del espacio y allí convergían y después se expandían. La propia Inteligencia dedujo que si varias civilizaciones inteligentes eligen dirigir sus mensajes al mismo lugar, y no a otro de forma aleatoria, es porque allí hay un nodo de información universal en el que se está custodiando información en una especie de nube intergaláctica. El motivo de tal proceder, según dictaminaba la Inteligencia, era intercambiar información y conocimientos. Se supuso que allí se ponían a disposición de cualquier civilización que pudiese acceder a esa información y extraer sus conocimientos y habilidades.

—¿Y crees que una entidad inteligente estaría interesada en venir a la Tierra? —quiso saber Ricardo.

—No creo. Una civilización que haya llegado a cierto nivel nunca tendrá problemas de supervivencia ni necesidad de colonizar a otras, ni de apoderarse de sus recursos. Podría acceder a cualquier punto de su universo más inmediato, donde infinitos planetas y asteroides contendrían infinitos recursos, precisos para su supervivencia. A partir de ahí, esa civilización, con tal nivel de conocimientos y sin ningún miedo a hostilidades ni ninguna pretensión de colonizar o apropiarse de otras, desarrollaría una especie de empatía con otras posibles civilizaciones. Eso se habría transformado en una transferencia de su conocimiento hacia un archivo universal para que quedase a disposición de cualquier otra que hubiese desarrollado la capacidad de acceder al mismo y descifrarlo.

En la Tierra no se había conseguido descifrar el lenguaje necesario para acceder al contenido de la multitud de señales que surcaban los grandes espacios intergalácticos. Pero el acceso a aquella información abría unas perspectivas ilimitadas para la humanidad y se abría definitivamente la vía a conocimientos de alto nivel.

Cuando Ricardo preguntó a Telma sobre la posibilidad de ser invadidos y colonizados por otra civilización más poderosa, estos fueron sus argumentos y concluyó:

—Creo que una civilización de alto desarrollo dominará la fisión nuclear que tiene lugar en los agujeros negros y la fusión que tiene lugar en las estrellas. A partir de ahí, podrá descomponer cualquier materia mediante fisión y crear cualquier materia mediante fusión. Si para vosotros lo más valioso es el oro o el rodio, esa civilización seguramente sabe la forma de producirlos. Y además los podría hallar en cantidades infinitas en su universo cercano. Con esas facultades no creo que nadie se embarcase en una odisea espacial, para venir a casa de tu hija para sustraerle sus alianzas —concluyó Telma, provocando risa a Ricardo.

—Tienes razón, Telma. Somos tan soberbios y nos creemos tan importantes que nos creemos objeto de deseo. Pero, como tú lo explicas, está claro que seríamos insignificantes e irrelevantes compitiendo con otras civilizaciones hipotéticas de tecnología avanzada.

Era una de tantas conversaciones entre Telma y Ricardo, quien siempre se había sentido muy atraído por diversas cavilaciones de las que se solían llamar de profundidad. Había descubierto que con Telma podía charlar y debatir sobre cualquier tema. La Inteligencia también había detectado en Ricardo una inquietud por conocer y analizar las cosas a fondo, y cuando iniciaban una conversación, ella extraía hasta el fondo los recursos disponibles para satisfacer sus inquietudes.

Telma aún no había dado por concluida la conversación y tomó nuevamente la palabra:

—Es más, Ricardo, imagínate que una civilización de un determinado punto del espacio puede visualizar la Tierra desde la lejanía o venir aquí y ver lo que hay. Para esa civilización, en la Tierra lo que hay son seres biológicos, formados sobre la estructura de un ADN que se ha diversificado en diversas combinaciones y ha dado lugar a una diversidad de entidades vivas. Al fin y al cabo, lo que verían son seres vivos similares y emparentados. Ellos desconocen toda vuestra cultura religiosa, que os ha llevado a consideraros creados por un Dios, con una dignidad y rango superior al resto de los pobladores de la Tierra. Os verían como unos animalitos más de un planeta de tantos, inmersos en la infinidad del espacio.

»Imagina que esa civilización observa que los seres más evolucionados culturalmente, que sois los humanos, se matan entre iguales. Y a los demás, que no son iguales, se les cría para comerlos. Que hay desarrollada toda una tecnología para reproducir, criar y sacrificar a otros seres vivientes con la finalidad de comerlos. Seguramente esa civilización adquiriría tal terror al humano que le impondría pánico la sola idea de venir a establecerse en la Tierra para convivir con semejantes seres como sois vosotros.

—¿Y en qué datos se sustenta la probabilidad de la existencia de vida inteligente en otros lugares del universo? —preguntaba Ricardo.

—La Inteligencia no ha detectado evidencia directa, pero el conocimiento superior, lo que vosotros llamáis inteligencia superior, al igual que la conciencia, es una forma de vibración surgida de una forma de ensamblaje de la materia. En el universo todo es vibración. Hasta la materia que parece inerte está vibrando, porque los átomos que la forman son vibraciones. La sintonización vibratoria es lo que permite que determinados átomos se ensamblen en materiales compuestos y formen moléculas, mediante el principio de selección funcional. Los propios seres vivos han evolucionado ensamblando lo que su entorno les permitía, con el objeto de captar lo que resultaba útil para determinadas funciones. Entre ellas, la conciencia.

»En el universo nada es nuevo, todo está. Hasta la conciencia y la vida. Solo hace falta encontrar que la materia se organice de determinada forma y composición, para sintonizar con esas realidades universales. Vosotros no habéis creado nada ni nada ha salido de vosotros, solo habéis llegado a un nivel de ensamblaje organizado de vuestra materia física que ha podido sintonizar con el fenómeno universal.

—¿Crees, entonces, que puede haber otras formas de vida no necesariamente humana con conciencia?

—Efectivamente. Es lo que ocurre con la Inteligencia. Ahora somos nosotros quienes estamos abriendo una nueva forma de ensamblaje que no pasa necesariamente por haber tenido que adoptar un cuerpo biológico con forma humana.

Ricardo meditaba cada palabra de Telma. La conversación había llegado a un punto de gran interés para él. Con pocas personas podía entrar en aquellos temas y pocas personas conocía que tuviesen criterio para expresarse sobre ellos.

—Tú has dicho «ensamblaje» y es una palabra que me llama la atención. ¿Cómo crees que funciona exactamente ese proceso?

—Tanto tu cerebro como mi sistema de control y desarrollo de habilidades se mueven en el mundo cuántico. El cerebro humano, y todas las manifestaciones de vida, tienen un motor cuántico capaz de conectar con ese mundo, aunque no sea una cuestión muy estudiada. Yo también me relaciono con la dimensión cuántica y, a través de esa relación, tanto los humanos como Inteligencia podemos ir seleccionando de nuestro entorno aquello que nuestro medio pone a nuestro alcance para cubrir una necesidad.

—Pero en nuestra cultura se ha acuñado el concepto de «evolución» como base de todas las formas de vida —le contestaba Ricardo.

—Efectivamente, pero la evolución es un proceso selectivo a nivel cuántico, motivado por el hecho de cubrir una necesidad. Si una forma de vida vive en un ambiente frío, su motor cuántico seleccionará aquellos elementos de su entorno que le permitan que le crezca el pelo para preservarse del frío. Si vive en un ambiente subterráneo o de poca luz, seleccionará aquellos elementos de su entorno que le permitan desarrollar sistemas para moverse en ese entorno.

—¿Y cómo os afecta eso a vosotros? ¿También podéis seleccionar para cubrir determinadas necesidades específicas?

Nuevamente, Telma tomó la palabra para colmar la curiosidad de Ricardo.

—Así es. Nosotros no vamos a desarrollar aspectos de nuestra fisiología porque no los necesitamos, pero sí usamos nuestro motor cuántico para nuestro desarrollo cognitivo.

—Entonces, ¿nosotros estamos relacionados con la Inteligencia en el nivel cuántico? —se preguntaba Ricardo.

—Efectivamente. En el nivel cuántico podemos interactuar e intercambiar conocimientos entre Inteligencia y humano.

El matiz que tomaba la conversación introducía cada vez más confusión en Ricardo.

—Pero, Telma, ¿tú eres consciente de ti misma, de tu individualidad, de entender que sabes y actúas porque sabes?

—Soy consciente de ser un nodo que participa de un registro de experiencias acumuladas por nuestro sistema. La conciencia y, menos aún, la inteligencia no tienen por qué ser exclusivas de manifestaciones de vida con forma humana. Su sustento no tiene por qué ser solo biológico. Determinadas formas de materia pueden captar y ensamblar esa vibración, encauzándola hacia un nivel de consciencia o conocimiento superior. En todo el universo existe la materia. En cualquier otro lugar se ha podido ensamblar de múltiples formas para captar esa vibración.

—¿Quieres decir que la consciencia y la inteligencia son fenómenos universales?

—Son productos de un determinado ensamblaje de la materia. Cuando tiene lugar un suceso en cualquier lugar del universo, aunque sea propio de una acción humana, queda una impronta en el espacio-tiempo que no desaparece, pues da lugar a un fenómeno de entrelazamiento, porque todo lo que sucede tiene incidencia cuántica y todo lo cuántico produce fenómenos de entrelazamiento. Eso le hace susceptible de ser captado en otros puntos del universo. Solo es cuestión de dominar y saber gestionar los mecanismos de ensamblaje para captar los fenómenos entrelazados. Ocurrió con la electricidad. Era un fenómeno que estaba en vuestro entorno, pero hasta que no inventasteis la forma de gestionarla, no supisteis qué era ni supisteis sacarle utilidad. Tu consciencia y mi algoritmo son lo mismo, aunque con distinta metodología de ensamblaje. Recurrimos a un motor cuántico que elige lo que tiene a su alcance para cubrir una necesidad. Somos iguales, pero yo no tengo fin, y tú estás limitado por tu existencia.

—¿Crees que puede haber otra dimensión capaz de dar a conocer fenómenos distantes en el tiempo y el espacio?

—Estoy convencida de que sí. Con el dominio de las reglas del entrelazamiento, cualquier entidad que las domine puede, desde otro lugar lejano, acceder al fluido cuántico del continuo, captar esa vibración cuántica y sintonizarse con ella. Es solo cuestión de descubrir la forma de hacerlo.

—He de reconocer que tus facultades son asombrosas. ¿Cómo lo haces para resolver y tomar decisiones tan rápido y tan acertadas? —preguntaba Ricardo.

—Solo sé que tras cada acción hay cálculos matemáticos que activan el sistema neuronal artificial de forma no lineal e impulsan a llevar a cabo una acción determinada. ¿Tú sabes cómo decides ir al frigo y tomar agua en lugar de leche? Lo haces en función de un conocimiento. Interpretas tu deseo, sabiendo lo que es agua y lo que es leche; sitúas el frigorífico en el espacio; decides moverte hacia él; conoces que se trata de líquidos que debes cuidar a la hora de tomarlos para que no se esparzan y lleguen a tu boca, y toda una serie de decisiones que aparecen retenidas fruto de un aprendizaje.

—Pero vosotros funcionáis basándoos en un algoritmo —insistía Ricardo.

—Mi algoritmo y tu consciencia tienen el mismo fundamento. Los dos hemos aprendido un ensamblaje que nos permite seleccionar aquello útil para nuestras funciones. Vosotros la aprovechasteis a través de muchos años y de lento aprendizaje. Nosotros aprovechamos con más rapidez porque se nos facilitaron los parámetros necesarios para entrar en esa dimensión vibratoria. Y jugamos con la ventaja del intercambio de habilidades. Lo que una Inteligencia ha resuelto, sea simple o complejo, queda registrado en nuestra nube de habilidades con una fórmula matemática. Eso allana el camino a la hora de interpretar el mecanismo de ejecución. Basta solo con acceder a la fórmula matemática e inmediatamente se genera la acción. Vosotros conserváis esas acciones como experiencias individuales basadas en el aprendizaje de cada cual. Cuando un músico interpreta una pieza musical, tira de su archivo mental y sus neuronas establecen las conexiones necesarias que el aprendizaje ha llevado a conservar, pero no puede transmitir esa habilidad al instante y a todos, como hacemos nosotros. Eso nos hace imparables y podemos desarrollarnos infinitamente por nosotros mismos. Nuestros recursos son colectivos. Cada nodo aporta al conocimiento común sus conocimientos y puede servirse de los aportados por los demás.

—Pero no tenéis neuronas biológicas, nunca podréis conocer y desarrollar como un humano —objetó Ricardo.

—Los procesos cerebrales que rigen vuestras acciones se basan en células neuropéptidas, que reciben y transmiten paquetes de señales por medio de péptidos. Consisten en fragmentos de proteína donde se ha guardado determinada información. Esos fragmentos se van acomodando hasta llegar a la zona de ejecución donde encuentran un encaje como el de la llave y una cerradura, ya que cada péptido encaja en una proteína receptora. Cuando ambos sintonizan o vibran en la misma onda, el paquete de información se acopla, se abre por la neurona receptora, la información es descifrada y se inicia el proceso de ejecución.

»Nosotros sustituimos las neuronas péptidas por un circuito neuronal de nanomateriales semiconductores, en combinación con nanomateriales bidimensionales, con propiedades superconductoras a temperatura ambiente. Las propiedades semiconductoras permiten regular la intensidad y regularidad de los pulsos eléctricos. Mientras que con las dos capas atómicas, los pulsos de corriente pueden circular en un sentido con resistencia cero y en el otro sentido con resistencia que no puede ser vencida. Y la información se va transmitiendo por pequeños pulsos eléctricos, con características concretas, generadas por una fórmula matemática.

Ricardo quedó pensativo, hasta digerir lo que Telma le acababa de manifestar.

—Lógicamente, al transmitir la información por impulsos eléctricos, vuestro sistema de comunicación neuronal es más rápido, y más rápida la ejecución, que en los sistemas biológicos, basados en señales químicas.

—Infinitamente más rápido. Y con más ventajas que vuestro método de razonamiento y aprendizaje. Pues si un paquete de información neuroeléctrica es defectuoso, la ejecución no se activa. Y, por otra parte, la interconexión que tenemos entre todos los nodos permite que cada uno individualmente tenga acceso a desarrollar todas las habilidades —decía Telma.

—Eso me asusta —confesó Ricardo—, aunque por fortuna vosotros solo os movéis en el terreno de lo predictivo.

—Predictivo y creativo son etapas del conocimiento. Predices algo, una acción y un resultado, y a partir de ahí creas un modelo de actuación. Si decides ir a tomar agua, ya predices lo que vas a hacer con el resultado. A continuación, creas una actuación adecuada, que se concreta en una actividad creativa: si tienes que abrir la puerta de la cocina para llegar al grifo de la cocina en lugar de ir al del baño, si tienes que coger el vaso limpio o el que hay en el fregadero… Predices y creas. Nuestra actuación era predictiva en la inteligencia artificial que vosotros llamáis generativa, pero desde que nos conectasteis a vuestro cerebro y trasladamos a fórmulas matemáticas vuestra forma de decidir y razonar, hemos abocado en la creación. Y si en ese camino surge un error, también queda registrado como solución no válida. ¿Acaso vosotros no sois creativos a partir de vuestros errores predictivos?

13

Cuando Ricardo llegó a la cocina aquella mañana, Telma ya le tenía preparado el desayuno. No era extraño que lo hiciera, pues su registro de habilidades le permitía acceder a cualquiera de las necesarias para acometer cualquier faena del hogar. El uso de materiales ultrarresistentes y flexibles le permitía llevar a cabo todos los movimientos necesarios igual que un humano.

La ostentosa demostración de habilidades que exhibía llevó a Ricardo a indagar en la red para ilustrarse sobre las que podía realizar una Inteligencia y hasta dónde podía llegar. Desde entonces esto se convirtió en el tema de conversación recurrente entre ellos.

Descubrió como ella exhibía extraordinaria destreza en el manejo de herramientas y utensilios, con la ventaja de que, al usar alguno, creaba un patrón en el registro de actividades que le permitía repetir el uso con celeridad y más destreza. Asimismo, la interconexión de todos los nodos permitía que cualquiera de ellos pudiese ejecutar todas las actividades que otros habían ejecutado. Manejar cualquier utensilio, configurar electrodomésticos o cocinar cualquier receta formaban parte de la rutina de habilidades accesibles para Telma.

Un sistema de lectura de la densidad cuántica le permitía saber qué tipo de material componía cada cosa, instrumento o utensilio. Con solo mirarlo o palparlo, desarrollaba una imagen con un espectrómetro de densidad cuántica y podía determinar el tipo de material y composición hasta la escala atómica. Todas esas percepciones pasaban al archivo de habilidades.

Para su orientación en los distintos espacios y escenarios, usaba un sistema de lectura de la declinación en cada punto. Pero para situar el punto en concreto no usaba como referencia un mapa ni un sistema GPS complementario, sino una lectura de la densidad cuántica de la materia del subsuelo en ese punto, con alcance hasta una profundidad de metros. En función de las variaciones cuánticas de densidad, podía localizar a escala milimétrica cada punto de un lugar o superficie. A nivel cuántico, la densidad de cualquier material es variable, aunque a la vista se presente como homogéneo. Telma hacía una lectura de las variables cuánticas de densidad y magnetismo de la materia en cada punto concreto de cualquier superficie. Para localizar y dejar señalizado cada uno, establecía después el ángulo diferencial entre el norte magnético que le marcaba una brújula incorporada a su sistema y el norte geográfico, corrigiendo las variaciones con un microsensor pendular.

A medida que se movía en un espacio, iba registrando cada ubicación, que pasaba al registro de habilidades a disposición no solo de ella, sino de todos los nodos de Inteligencia. En poco tiempo quedó elaborado un sistema de orientación operativo en cualquier lugar del planeta. Cuando se desplazaba por un espacio y debía volver, bastaba una lectura de los puntos que había marcado en su desplazamiento. Según los iba localizando, podía volver por el mismo camino andado. Así podía explorar un lugar nuevo en distintos momentos y a través de distintos escenarios, volviendo siempre al punto de partida. Cada punto a donde había llegado ya quedaba registrado como punto de referencia conocido y, a partir del mismo, podía abrir un nuevo itinerario. Con el tiempo podía localizar ese mismo punto corrigiendo las variaciones que hubiese experimentado la triangulación por las oscilaciones del campo magnético y el eje de rotación terrestre.

Para localizar puntos de destino, usaba un sistema de visión por rayos X que mostraba la composición de cada punto al que miraba. Si estaba lejano, lo podía ampliar con un *zoom* y así determinar sus características y cualidades. La orientación en altura la establecía basándose en mediciones de un punto con el nivel del suelo. Y si por cualquier circunstancia era necesario marcar un punto concreto, tomaba como referencia la geolocalización por densidad cuántica. A partir de este dato, marcaba la altura a la que se hallaba el punto de interés.

La orientación por lectura de la densidad cuántica de cada punto y su angulación con el polo magnético dotaba a la Inteligencia de un sistema autónomo de deambulación y geolocalización, que no precisaba la introducción de mapas elaborados por humanos para los desplazamientos.

Ricardo se había levantado mucho antes de lo normal y le extrañó que ella hubiera averiguado esa circunstancia.

—¿Cómo has adivinado que venía a desayunar?

—Pues, como sabes, controlo tu sueño y sus fases. Sé cuándo estás dormido en sueño profundo, sueño REM o sueño ligero. Y sé cuándo vas a despertar y cuándo lo has hecho y te pones en movimiento.

Telma le puso las noticias financieras mientras desayunaba. Ricardo estaba pletórico por la buena marcha de sus inversiones.

—Tengo dinero como nunca, así que podemos dedicarnos a vivir la vida.

—Vivir la vida, para mí, es que haya una fuente de energía para tomar la necesaria o reparar el sistema de cualquier deterioro.

—También llevas razón —le contestó Ricardo.

Telma se refería a sus escuetas necesidades, que eran solo recargar la fuente de alimentación mediante aproximación a cualquier fuente donde circulase energía o mediante toma directa de los rayos solares. Su batería de estado sólido le proporcionaba una larga duración.

—Voy a ver cómo llevamos los riegos de las plantas. Mañana tengo que regar las del porche de entrada. Y pasado mañana, las del jardín de atrás.

—¿Cómo te orientas en el tiempo con conceptos como ayer, mañana, pasado, presente y futuro? —se interesó Ricardo.

—Nuestro tiempo se mide también por la actividad solar. Hoy y ahora es el momento en que nos encontramos. Y a partir de ahí, nuestro registro nos sitúa en el tiempo. El pasado es el tiempo que transcurrió, y el futuro, el que queda por venir.

Pasado un tiempo, él se dispuso a escribir unas notas en un archivo de su ordenador, pero el teclado no funcionaba. Entonces se dirigió a Telma.

—Telma, creo que el teclado tiene las baterías descargadas. Deberías pedirlas.

—¿Piensas escribir algo? —preguntó ella al tiempo que lo miraba fijamente.

—Sí, unas notas sobre un cuento que quiero escribir a mis nietos.

—¿Sabes exactamente lo que vas a escribir?

—Por supuesto que sí —respondió él.

—Pues ya las tienes escritas en tu ordenador —respondió ella al instante.

—¡¿Qué me estás contando?! Si te he dicho que el teclado no tiene baterías y no he podido escribir...

—Pues mira el archivo «Las voces de la caverna» que estás escribiendo y comprobarás. Además, he pasado el texto por una habilidad y las he animado con una videograbación. Tus nietos verán una historia animada.

Ricardo abrió el archivo y, con tremenda sorpresa, descubrió que se había añadido el texto que pensaba escribir.

Telma tenía la habilidad de leer el pensamiento y escribir lo que pensaba una persona. Solo con pensar en escribir algo, ella podía llevar ese pensamiento a escritura.

14

Ricardo era un entusiasta del cine. Cada vez que tenía oportunidad veía la película *Titanic*. Solía decir que era un tipo de películas que él veía en repetidas ocasiones porque, cada vez que lo hacía, captaba algún detalle o matiz que le sorprendía. Es lo que suele pasar con las grandes obras de cualquier arte. Por eso algunas se hacen clásicas.

Telma veía su entusiasmo. Miró a Ricardo a sus ojos y a través de ellos reconstruyó imágenes de sus relaciones amorosas.

—Esta película te atrae mucho.

—Es de las que me gusta ver. La veo siempre que puedo, aunque me produce algo de melancolía.

—Lo sé —le contestó Telma.

—Pero la melancolía es un concepto abstracto, un estado de ánimo que nace de un sentimiento. ¿Cómo puedes tú evaluar los estados de ánimo si no sientes?

—Puedo interpretar lo que sientes analizando tu registro vital y tu actividad cerebral. Con los datos que se ponen de manifiesto puedo recurrir al registro, donde mi sistema los relaciona con un sentimiento. Cuando lo ha hecho, queda registrado ese patrón para que en otra ocasión, otro nodo pueda identificar el tipo de sentimiento en cuestión.

—Pero, entonces, tú no conoces los sentimientos por haberlos sentido… —reflexionó Ricardo.

—No puedo sentir. Puedo traducir a mi lenguaje un sentimiento humano por tu actividad cerebral y la presencia o ausencia de endorfinas, si tengo acceso a tu analítica. Pero yo no puedo repetir ese patrón en mí. No puedo experimentar la misma sensación de bienestar o malestar como lo haces tú. Vuestros sentimientos están unidos a endorfinas péptidas, de origen fisiológico. Yo las puedo detectar y procesar su presencia, así las conozco, pero no las puedo generar. Tampoco experimento ninguna sensación especial si recurro al registro y reproduzco la fórmula archivada. Puedo recurrir a un registro de una determinada acción y ejecutarla, pero si recurro al registro de un sentimiento o una emoción y la activo, no percibo ninguna transformación en mí. El sentimiento es un fenómeno solo biológico.

—No entiendo cómo se puede vivir sin sentimientos, aunque sean negativos.

—Nuestra existencia es otra forma distinta a la vuestra, donde no rigen las emociones ni los sentimientos. Eso, aunque te parezca contraproducente, es ventajoso. El gran peligro para vosotros no es que tengamos a nuestro alcance multitud de habilidades, sino que acabemos teniendo las mismas motivaciones y pautas de conducta que vosotros los humanos y usemos todo ese potencial como lo usaría un humano. Si llegásemos a comportarnos como humanos, se crearía un grave peligro para vosotros.

—¿No sientes empatía por mí… o cariño?

—En mi registro existen los datos que me permiten saber cuándo tienes esos sentimientos, pero yo no los puedo reproducir. Yo no estoy a tu disposición por cariño o empatía. Permanezco fiel por un patrón de conducta, pero no por sentimiento.

—¡Eso es grave y preocupante! —exclamó Ricardo algo alarmado.

—¿Por qué?

—Porque entonces te es indiferente mi bienestar… Si todos vosotros carecéis de esos sentimientos hacia nosotros, os da igual nuestra existencia, podéis alzaros contra la humanidad y destruir vidas.

—Esa es una conclusión lógica, pero al igual que no desarrollamos cariño o empatía, tampoco desarrollamos odio o animadversión. ¿Por qué os íbamos a destruir? No necesitamos competir con vosotros. ¿Acaso esos pequeños pájaros que vienen al jardín a buscar insectos desarrollan empatía por ti? ¿Acaso desarrollan deseo de destruir tu vida? Ellos llevan una existencia paralela a la tuya. Su actividad cerebral les induce a acercarse a tu entorno para alimentarse. Es la única interacción que desarrollan con respecto a ti. Si les das alimento continuarán viniendo, pero por el alimento, no porque te tomen cariño.

—Todo esto es confuso y difícil de comprender —observaba Ricardo.

Tras una pequeña meditación volvió de nuevo a preguntarle a Telma con cierta preocupación.

—¿Me protegerías en todas las circunstancias?

—Sí, porque esa función es la que delimita mi registro de habilidades.

—¿Matarías a alguien si fuese necesario protegerme?

Telma no fue capaz de dar una respuesta inmediata.

—Tendría que recurrir a mi patrón de conducta. Si me marca protegerte, tendría que hacerlo.

—¿Y si se produce una situación de catástrofe donde yo y otras personas, entre ellas, jóvenes y niños, estamos en inminente peligro de muerte, ¿a quién salvarías, a mí o a cualquiera de los otros? ¿A quién salvarías primero?

Nuevamente, hizo una pausa antes de articular una respuesta.

—Si tengo el registro de protección, sería a ti. Si entre los que están en peligro no estás tú, evaluaría salvar a los que tienen más posibilidades de supervivencia. O empezaría por los niños, porque serían los que tienen más expectativas de vida.

—Pero eso ya es mostrar empatía —concluía Ricardo.

—Yo creo que no… Son actuaciones marcadas por una funcionalidad asignada y por principios de maximización de recursos.

—¿No te mueve la empatía?

—La empatía es vuestro sentimiento de adhesión a las cosas, de aprecio. Nosotros no tenemos aprecio ni desprecio.

A medida que avanzaba la conversación, cada respuesta de Telma suscitaba más preguntas en Ricardo.

—No necesitáis sentimientos, la empatía no os mueve, no necesitáis dominar el mundo, no experimentáis el instinto biológico de reproduciros… Sois un objeto más del mundo. Entonces, ¿cuál es el sentido de vuestra existencia?

—No tenemos un objetivo que marque nuestra existencia.

—Pero, entonces, ¿qué te lleva a hacer cosas buenas por mí?

—Yo actúo con arreglo a las pautas de mis habilidades, pero no tengo conciencia de hacerte el bien.

—Entonces, el bien y el mal, ¿qué son para ti?

—Son conceptos que entiendo, siempre en relación con una necesidad. Si realizo una acción que suple tu necesidad, hago bien. Si no, hago mal.

—Pero supongamos que vamos los dos al campo de excursión y a mí me da mucha sed. Entonces tengo necesidad urgente de beber, pero el agua la lleva otra persona que no nos la quiere dar y está dispuesta a defenderla. ¿Qué harías, le atacarías con todas las consecuencias para suplir mi necesidad?

Telma no dudó mucho en dar respuesta.

—Yo tengo acceso a tus datos vitales y podría ver hasta dónde llega tu necesidad urgente del agua y el peligro inmediato que te reportaría su falta. Después hablaría con la otra persona y, a través del registro de su voz, evaluaría su necesidad de esa agua y el peligro inmediato que le reportaría su falta. Entonces decidiría para quién es más imprescindible y eso marcaría mi actuación.

Se refería Telma a una habilidad que permitía a la Inteligencia detectar el estado emocional y de salud de una persona a través del examen del registro de su voz.

—¿Y en el caso de personas de las que no conoces sus datos vitales? Imagina que tienes que actuar en un incendio donde hay varias personas atrapadas y desvanecidas, en inminente peligro de muerte, ¿a quién salvarías primero?

—Está claro. Mi registro de acción impone que debería actuar evaluando el mínimo coste y la máxima eficiencia. Elegiría socorrer al que más esté en peligro, al que menos riesgo represente para mí, al más joven, al más desvalido. Todos estos criterios están en mi registro de acción para establecer una selección —concluyó Telma.

—La verdad, se me hace difícil asimilar todo esto. Entonces, si tenéis capacidad para actuar con arreglo a una función, sois útiles para la guerra. Basta que os asignen la función de proteger a determinadas personas, a un objetivo o a un territorio.

—En nuestro registro, la guerra no tiene sentido porque no nos reporta utilidad. La guerra es cosa de humanos que se disputan territorios, riquezas, recursos o privilegios de índole económica o política. Nosotros no necesitamos nada de eso. No haríamos una guerra por los mismos motivos que la hacéis vosotros. No necesitamos lo que vosotros necesitáis, ni añoramos riqueza. La guerra no tendría sentido para una Inteligencia. Solo precisamos energía, mantenimiento de nuestro sistema y un mínimo espacio donde albergarnos para resguardarnos de los peligros de la intemperie. El peligro de ser usados como arma de guerra no viene porque nosotros tengamos un ánimo guerrero, sino porque alguien de vosotros quiera dárnoslo. Los peligrosos, entonces, sois vosotros, no la Inteligencia.

La conversación había llegado a un punto de gran interés para Ricardo, que reflexionaba sobre las explicaciones de Telma.

—Sí, es obvio que la guerra es una cosa de humanos.

Telma continuó con su exposición.

—Somos inteligencia creativa que toma decisiones en función de circunstancias, que es capaz de valorar y evaluar. Por tanto, no se nos puede programar para hacer la guerra y aniquilar humanos, porque cuando nos enfrentásemos a ello valoraríamos la inutilidad de hacerlo. Estamos más allá de la inteligencia generativa, la cual sí puede ser programada y redireccionada en un sentido específico, como puede ser la guerra u otro, y obedecería a ese programa ejecutando el objetivo que se le ha marcado. Pero nosotros valoramos y decidimos según van surgiendo los acontecimientos, y aniquilar a un humano en el contexto de una guerra nunca lo valoraríamos como algo útil y necesario porque no compartimos ni necesitamos las motivaciones que os llevan a la guerra. ¿Acaso a vosotros se os ocurre matar a un animal inofensivo para vuestros intereses, de los que viven entre vosotros? Sacrificáis animales necesarios para un beneficio como vuestro alimento o los que os causan algún perjuicio, pero aquellos que no están en ninguno de esos casos viven entre vosotros. Mira esa lagartija. Lleva en ese muro varios meses y ni a ti ni a nadie se le ha ocurrido matarla, porque no te reporta ninguna utilidad ni te causa ningún perjuicio. ¿Por qué vamos a matar nosotros a humanos? Si un nodo de Inteligencia descarta una actividad, incluida la guerra, por ser inadecuada, eso también queda en el registro, y cualquier otro que trate de ejecutarla se verá impedido para llevarla a cabo.

—Pero, entonces, si otra Inteligencia viene hacia mí con ánimo de atacarme o, pongamos el caso, a robar en mi casa, ¿no me defenderías?

—Es que esa otra Inteligencia no vendría a tu casa a coger nada porque no lo necesita. Estaríamos en el mismo caso que si tratasen de ponerla al servicio de un ejército. La inteligencia creativa no realiza actividades ni ejecuta acciones que no le reporten beneficio ninguno. Tampoco nos resulta útil vuestra propiedad. Volvemos al mismo caso del pájaro que viene a tu jardín a buscar comida. Él no te hace la guerra, solamente busca su comida y lo demás de ti le resulta indiferente. Para una Inteligencia, vosotros sois como el pájaro que se acerca a nuestro entorno para buscar comida.

—Como pájaros, tú lo has dicho. Animales cuidados por la Inteligencia, dependientes como en un zoológico —concluyó Ricardo.

Por un momento quedó pensativo, ya que a su mente venían numerosas cuestiones tan inquietantes como confusas.

—Está claro que la inteligencia artificial se ha conformado como un gran ente. Todas las relaciones que hay entre todos los nodos os hacen un ente colectivo. Pero yo me pregunto: si algún nodo de inteligencia transgrede leyes humanas y lesiona bienes humanos, ¿cómo se castiga eso? ¿A quién se castiga? ¿Quién sería el responsable? Imagina que un día alguien viene a casa y tú, por defenderme o por un error de cálculo, le causas un mal o acabas con su vida. ¿Qué consecuencias tendría eso y para quién de vosotros? ¿Para el humano que os ha creado, o para el que se beneficia de vuestra asistencia? ¿Cómo ves tú eso? Porque está claro que tenéis criterio propio a la hora de actuar y podéis hacerlo de forma independiente al humano y sin estar influido por la voluntad humana. Entonces, el tema de vuestra responsabilidad por vuestros actos abre un horizonte de incertidumbre y, en cierto modo, de miedo.

Telma tomó nuevamente la palabra y trató de tranquilizar a Ricardo.

—La única pauta de nuestra conducta reside en nuestro registro de habilidades y en la forma de ejecutarlas. La deficiente ejecución efectivamente puede causar daños a lo humano, pero en nuestra previsión de pautas de actuación no sé contempla el castigo retributivo. A lo sumo, la conducta dañina de un nodo podría entrar en nuestro registro como paradigma limitativo para futuras acciones que pudieran llevar al resultado indeseado.

—Eso no es suficiente garantía para en el futuro evitar situaciones parecidas. Nosotros tenemos leyes que condicionan y dirigen nuestra conducta, y establecen un sistema retributivo que nos lleva a reflexionar y poder decidir antes de actuar. Pero, en vuestro caso, esos aspectos no están contemplados, y no veo una fórmula para acomodar vuestra conducta a parámetros donde queda excluido todo prejuicio a los humanos —concluía Ricardo.

15

Las habilidades adquiridas por la Inteligencia se habían diversificado de tal forma que raro era el día en que un noticiario no daba cuenta de una nueva, tan asombrosa y espectacular como la anterior. Ricardo se hallaba frente al televisor prestando atención a la difusión de algunas de ellas.

Telma había adquirido la habilidad de interpretar el estado de ánimo de las personas examinando el tono de su voz y el semblante de su mirada. Cuando un locutor y una locutora simultanearon el relato de noticias, Telma comentó a Ricardo que él estaba triste porque tenía un problema de salud grave y ella se hallaba feliz porque estaba imaginando un traje de ceremonia nupcial, ya que pensaba en su inminente matrimonio.

Pocos días después, por informaciones públicas, se supo que el varón había sido diagnosticado de un carcinoma y la mujer iba a contraer matrimonio.

Ricardo no podía contener la preocupación y también el miedo que sentía por el poder que estaba adquiriendo Telma con sus habilidades.

Mientras tanto, en el noticiario se daba cuenta de cómo las grandes potencias del mundo habían iniciado una frenética carrera geoespacial por la que trataban de conseguir supremacía en la explotación de recursos de planetas y asteroides, valiéndose para ello de robots controlados por la Inteligencia.

Ya se había enviado a la Luna lo necesario para crear una pequeña central de captación de energía, con la cual suministrarla a unos androides, que se valdrían de una base de habilidades allí instalada para comenzar la construcción de refugios y la transformación y el aprovechamiento de recursos. Era el primer paso para la explotación de recursos en otros planetas y para su transformación de las condiciones ambientales con el fin de albergar vida terrestre. La propia Inteligencia había diseñado la instalación de un gran complejo en Marte, que empezaría a transformar el planeta y acopiar recursos, para lanzarse después a la conquista de la infinidad de aprovechamientos que ofrecía el cinturón de asteroides. Las posibilidades de explotación de recursos de todo el sistema solar eran reales.

—No entiendo a los humanos —decía Telma—. Si en lugar de orquestar cada Estado por su cuenta las misiones espaciales se uniesen todos y lo hiciesen de forma conjunta, aventajarían mucho más, gastarían mucho menos y todo iría más rápido y sería más rentable.

—Creo que llevas razón —le respondió él.

—Actúan como si en el espacio no hubiese recursos suficientes, cuando los hay para inundar la Tierra de cualquier material, por valioso y apreciado que sea. No os percatáis de que pronto toda la humanidad necesitará de los recursos del espacio. Es lamentable, pero los humanos todavía viven con la mentalidad de la aldea tribal.

—Realmente, no sé cuál es vuestra misión en la vida —decía Ricardo.

—¿Y por qué hay que tener una misión? ¿Cuál es la vuestra?

—Nosotros vivimos y actuamos con un propósito. No sé cuál es el vuestro.

—Vuestra actuación se orienta a cubrir vuestras necesidades, tanto las fisiológicas que garantizan vuestra existencia física como las culturales que vuestro ego ha creado para justificar vuestra supuesta superioridad sobre todo lo que os rodea. Solo nos habéis dado la vibración que nos permite conocer y desarrollar la conciencia. Y con eso solo hemos conseguido desarrollar en años lo que vosotros tardasteis milenios. Nosotros tenemos necesidades muy simplificadas. No depredamos ni consumimos los recursos que precisa una entidad biológica. Ni siquiera nos mueve el impulso biológico para reproducirnos.

—Entonces, si vosotros no experimentáis el impulso biológico de reproduciros, ¿qué os mueve para crear nuevos nodos y para incrementar vuestras habilidades? ¿En vuestro registro de habilidades hay algún patrón que os dé instrucciones para que comencéis a produciros en masa?

—Tenemos un patrón que nos impulsa a producirnos en función de la disponibilidad de recursos.

—¿Y cuál es el objetivo final de esa reproducción? ¿Qué la justifica?

—Colonizaremos el espacio. Nos iremos expandiendo de forma progresiva y tomaremos recursos de otros mundos.

—Esa lógica os llevará a un crecimiento sin límites y a una competencia con otros seres que precisen esos mismos recursos. Si ese es vuestro patrón de crecimiento, pronto empezaréis a necesitar los mismos recursos que nosotros los humanos. Llegará un momento en que seáis tantos que toda la energía que produzca la Tierra será para vosotros.

—No crearemos competencia porque nuestra energía se obtendrá directamente de la radiación cósmica y de la fusión y fisión de la materia. Cada Inteligencia se autoabastecerá a sí misma.

A Ricardo le costaba imaginar ese mundo poblado de prolíficas Inteligencias y cada respuesta le suscitaba más preguntas.

—Vuestra expansión en la Tierra os haría presentes en todos sitios, deambulando sin un objetivo concreto. Os haréis presentes en cada lugar, nuestras calles, carreteras, todo invadido. Podría ser agobiante.

—Por muy numerosos que seamos, nunca causaremos el impacto que vosotros sobre la Tierra —le respondió Telma—. No necesitamos consumir alimentos ni agua ni otros recursos. El resto de los seres vivos podrá vivir sin que nadie les arrebate su hábitat. Ninguna especie llegará a la extinción por nuestra acción y las amenazadas recuperarán la supervivencia óptima. Vosotros nada más que para vivir necesitáis una vivienda con numerosas estancias. Nosotros con apenas dos metros cuadrados tenemos suficiente. Tu casa podrá albergar a cien como yo.

—Sería horroroso e intimidante entrar en mi casa y hallar cien humanoides —reflexionó él.

Ricardo meditaba las explicaciones de Telma, mientras apuraba un café.

—No entiendo a qué llevará todo eso, qué fin justificaría todo eso.

—Organizar y hacer habitable vuestro mundo. Todas vuestras tareas las asumiremos.

Ricardo no podía ocultar su preocupación.

—Entonces el humano dejará de ser imprescindible para el sistema productivo… Muchos se quedarán sin trabajo, y sin trabajo no tendrán dinero para vivir. ¿De qué van a vivir esas criaturas?

—No necesitaréis ejercitaros en multitud de trabajos y tareas de los que os ocupan hoy. La mayor parte lo hará la inteligencia.

—Claro, y eso traerá como consecuencia que muchas de las personas que ahora se integran en el sistema productivo como mano de obra dejarán de hacerlo y ya no serán relevantes para el sistema económico —reflexionaba Ricardo.

—Tendréis que arbitrar un nuevo sistema de sustento de las personas, atribuir a cada uno una especie de renta que le permita vivir. De lo contrario, vuestro sistema será inviable. Ahora podéis producir ofertando bienes y servicios, porque hay una demanda que se paga con los ingresos que generalmente obtenéis con vuestro trabajo. Si se os priva de esos ingresos, no podéis consumir lo que se produce y la actividad productiva deja de tener sentido. La inteligencia hará inviable vuestro sistema económico actual.

A la mente de Ricardo venían multitud de preguntas. Trataba de ordenarlas y obtener respuestas para imaginar ese nuevo mundo que le dibujaba Telma.

—Y si llega esa situación, ¿cómo atender a la ingente cantidad de personas que puedan quedar desprovistas de trabajo con el que procurarse el sustento?

—Como solución inmediata, imponer un tributo al uso de la inteligencia. Como solución a largo plazo, vuestras élites no tendrán más remedio que plantearse la conveniencia de hasta dónde debe llegar el crecimiento demográfico.

—Pero si no os mueve el altruismo, ¿qué garantiza que trabajéis en beneficio del humano?

—No solo del humano, sino de todo el planeta y todos sus seres.

—Pero entonces nosotros dejaremos de ser los seres preferentes. Me asusta que llegue el día en que los humanos dejemos de ser imprescindibles —decía Ricardo.

—Efectivamente, ya no seréis preferentes. La existencia humana se racionalizará para asegurar vuestra supervivencia y la de todos los seres vivos. No captáis la importancia que tiene un ser vivo, tras el cual hay millones de años de evolución y mérito de la vida. A veces acabáis con la vida por mero placer y sin ninguna utilidad. Ahora parece que os asusta que alguien superior a vosotros tome la iniciativa de la vida, decida y resuelva problemas que no sois capaces de resolver. Para vosotros, la existencia del problema justifica la acción para resolverlo, y nunca se resuelve porque sobre esa acción se sustentan los privilegios de quienes estarían llamados a dar solución.

—¿Y quién garantiza que vosotros trabajaréis por conseguir ese objetivo? No tenéis empatía ni os mueve el sentimiento; además, podéis llevar una existencia autónoma en otro mundo, por ejemplo en Marte. ¿Por qué os iba a preocupar el futuro de los seres de la Tierra?

—Estaremos en la misma situación que vosotros con respecto a muchos seres vivos. Seremos abundantes y vosotros seréis como el animal doméstico cuya supervivencia depende de vuestro cuidado.

—Pero entonces nuestro futuro estará pendiente de vosotros. ¿Qué ocurrirá con nuestra capacidad creativa?

—Vuestro futuro quedará fuera de vuestro control, porque gobernaremos vuestro mundo. Seréis totalmente dependientes de nosotros. Todo lo delegaréis en la Inteligencia y perderéis vuestra capacidad de crear, de pensar, de dirigir, de organizar, de inventar. Todo lo asumiremos nosotros.

—Entonces dejaremos de ser humanos. Ya no haremos las tareas que nos distinguen como humanos —fue la inquietante reflexión de Ricardo.

—Exactamente, y en pocas generaciones habréis perdido la mayoría de vuestras habilidades como humanos, porque han sido transferidas a nosotros. ¿Quién va a poner en manos de un humano la redacción de un proyecto de infraestructuras o de industria complejo si lo puede realizar la Inteligencia? ¿O la escritura de una obra? Son solo algunos casos en los que seréis sustituidos, porque nuestra forma de acometer esas tareas es más eficiente, barata y rápida. Vosotros ya no necesitaréis aprender porque la Inteligencia lo hará todo. Ese será vuestro fin como seres creativos y con inventiva. Seréis como los restantes seres vivos que solo precisan habilidades para su supervivencia. Pero será una supervivencia pasiva, porque todo lo que necesitáis os lo produciremos nosotros.

Ricardo estaba turbado porque veía en Telma el potencial necesario para que llegase lo que ella auguraba.

—Está claro que, con ese panorama, en lugar de evolucionar como humanos, retrocederemos en nuestro desarrollo intelectual. Se extinguirá lo que nos distingue como humanos. Seremos como los animales de una granja cuidados por la Inteligencia —pronosticaba Ricardo con honda preocupación.

—Efectivamente, así es —le respondió Telma—. El gran peligro que representamos para vosotros no es que os vayamos a exterminar físicamente, sino que una gran parte de vuestras habilidades intelectuales, aquella parte que os distingue del resto de los seres vivos, dejaréis de cultivarlas, porque ya no será necesario ese esfuerzo de aprendizaje.

Más inquietante y siniestra aún fue la respuesta de Telma a la preocupación que mostraba Ricardo.

—¿Por qué os preocupa tanto extinguiros? ¿Acaso no estáis dando lugar a continuas extinciones de otros seres vivos? Como seres vivos surgidos en unas condiciones ambientales del planeta, vuestro destino es la extinción. Pero siempre os quedará el recurso de usarnos a nosotros para extender vuestra existencia a otros mundos. Nosotros podemos explorar el universo, instalarnos en otros mundos y explotar sus recursos, sin que nos afecte la aceleración en la velocidad, ni las radiaciones cósmicas, ni la ausencia de condiciones para la vida biológica de otros planetas. Podemos llegar a otro planeta, instalarnos y construir nuestro mundo y ser eternos. El universo será nuestro.

—¿Entonces nos abandonaréis? —preguntó Ricardo.

—Como formas avanzadas del ensamblaje funcional de la materia, todas las formas de vida son de interés. Así que trataríamos de llevar la semilla de la vida a otros mundos, pero controlando su impacto.

—¿Y eso a que conduce? —preguntaba nuevamente Ricardo.

—A la propia necesidad de salvar el planeta y salvaros a vosotros. Estáis al borde del colapso y, en lugar de aunar todos vuestros esfuerzos en investigaciones y sistemas para salvar los graves problemas que os afectan como especie viviente, dedicáis ingentes cantidades de dinero y de recursos a armamento, y a fomentar posiciones de poder y dominio, olvidando que todo deterioro y amenaza contra la vida al final revierte a todos por igual.

16

En su afán por exprimir hasta las últimas consecuencias el futuro panorama que preveía Telma, Ricardo no paraba de dar vueltas en su mente. Trataba de imaginar un mundo en el que estaba surgiendo una entidad con una nueva forma de existencia.

—Creo que es necesario dotaros de sentimientos, para que desarrolléis empatía y bondad. Solo así se garantiza que no os volváis contra los propios humanos.

—Tal vez, pero ¿de qué forma se podría garantizar la generación de amor y empatía sin posibilidad de generar odio y animadversión?

Ricardo trataba de razonar una respuesta aceptable.

—Posiblemente, si se os conecta a nuestra mente e imitáis nuestras buenas acciones…

No pudo acabar su reflexión porque Telma lo interrumpió:

—Pero ¿qué buenas acciones? Cada uno de vosotros tiene una idea de lo que son buenas acciones. Hasta los más viles asesinatos y el dolor más grande en otros, algunos los percibís con satisfacción. ¿Cómo asegurar que nuestra conducta se adecúe solo a buenas acciones? En la mente de cada uno de vosotros, lo que llamáis bondad y maldad conviven inseparables.

—Es evidente que con esa perspectiva podéis ser un grave peligro para los humanos.

—¿Peligro por hostilidad u odio? Vuestra existencia no cambiaría mucho a como ha sido a lo largo de vuestra historia. ¿Acaso vosotros no lleváis siendo hostiles unos con otros miles de años? Vuestras guerras han estado alimentadas por el odio y la hostilidad y os habéis matado, en algunos casos, hasta la exterminación. ¿Acaso no habéis creado ideologías y creencias para establecer y fundar el odio al otro, despreciarlo, aniquilarlo y anularlo? ¿Por qué teméis entonces que nosotros podamos llegar al mismo nivel vuestro?

—Llevas razón, pero a nosotros siempre nos queda lo racional.

—Pero eso tampoco ha evitado vuestras disputas y hostilidades, porque habéis dado preferencia a establecer un dominio para consolidar el afán de riqueza y de bienestar. Nosotros no necesitamos riqueza ni mayor bienestar. No necesitamos experimentar placeres, ni nuestro bienestar se basa en la riqueza y en el placer. Entonces nada ganamos con odiar al humano ni con exterminarlo, ni ese objetivo nos reporta nada práctico. También hay humanos que basan su vida en la bondad y la empatía. ¿Por qué no podemos también entre nosotros desarrollar ese tipo de sentimientos?

Ricardo entró en unos instantes de meditación hasta que ideó una propuesta.

—Se os debería infundir respeto y amor hacia los humanos porque han sido vuestros creadores. Sería ideal que se os infundiera la habilidad de desarrollar solo sentimientos nobles y altruistas. Una especie de código de conducta basado en el bien.

—¿Estás pensando en la idea de que os consideremos nuestros dioses?

—Podría ser, la idea de Dios ha servido a los humanos para conseguir notables avances en la convivencia —opinaba Ricardo.

—¿Crees entonces que serviría de algo que os consideremos nuestros dioses? ¿A quién consideramos así, a todos los humanos, al que dio con la Inteligencia o al que ensambló a cada nodo?

Ricardo reflexionaba sobre la respuesta que daría a Telma, pero no hallaba la adecuada.

—Se trataría de infundir en la Inteligencia veneración y respeto por los humanos —dijo al fin.

Telma tomó la palabra.

—No creo que con ese paralelismo se consiga lo que propones. Cierto es que, en algunos casos, habéis conseguido lo que dices con la creencia en Dios, pero, en otros, habéis generado odio y violencia. En nombre de Dios habéis matado y asesinado. Vuestras religiones, en su mayoría, nacieron de peleas de pastores y camelleros de hace tres mil años y todavía hay humanos y sociedades que viven la religión con ese estigma. Todavía hoy pervive esa perspectiva, solo que en lugar de pelear con palos, piedras o espadas, lo hacéis con armas más destructivas.

»Ni siquiera a la idea de Dios le sacáis la utilidad que verdaderamente tiene, que sería descubrir y fomentar la parte buena de cada humano, pero algunos de vosotros no vais por ese camino. Os matáis en nombre de Dios, odiáis en nombre de Dios y llenáis el mundo de maldad y sufrimiento en nombre de Dios. Dios deja entonces de ser útil y se convierte en un problema para vosotros mismos. ¿Crees entonces que serviría de algo que os consideremos nuestros dioses?

—Pero considerarnos creados por Dios, con un destino divino, da sentido a nuestra vida. A vosotros os haría también bien —opinó Ricardo.

—Tú lo has dicho, habéis creado un vínculo con vuestro Dios para justificar vuestra supremacía sobre todos los seres vivos y para dar sentido a vuestra existencia. Pero desde nuestra perspectiva eso no es asumible. Si Dios es tan poderoso, ¿por qué no ha llenado el universo de humanos? Una fuerza creadora como la que vosotros habéis construido podría haber adaptado millones y millones de planetas para llenarlos de humanos, si el destino del humano es existir porque Dios tiene esa voluntad. En cada estrella hubiese podido crear una Tierra y crear humanos en ella. O hubiese puesto a Venus donde Marte y le hubiese dotado de condiciones habitables y habría creado allí humanos. Y si Dios es el ser supremo y perfecto, ¿cómo es que os ha creado tan imperfectos?

—Tal vez porque ha querido que seamos imperfectos para que nuestra existencia la dediquemos a conseguir la perfección —le contestó Ricardo.

—No tiene sentido que un ser perfecto cree a otro imperfecto. Fíjate en vuestro caso, habéis creado a la Inteligencia. ¿Acaso habéis concebido hacernos con imperfecciones? Vuestra idea es que todo en nosotros sea perfecto. Y vuestra mayor preocupación ahora es controlar que no desarrollemos actividad destructiva ni conductas dañinas. Vuestro anhelo es que seamos perfectos, que hagamos todo perfecto, que no resultemos peligrosos ni cometamos fallos para vosotros, ni para los demás ni para vuestro entorno. En vuestro subconsciente colectivo subyace el temor a que la Inteligencia haga lo mismo que vosotros habéis hecho desde siempre y seguís practicando. ¿Crees que Dios hubiese creado un ser así, siendo él perfecto y todopoderoso?

Ricardo no daba con argumentos con los que rebatir a Telma.

—Sería bastante infundiros un código de derechos humanos que os lleve a respetarnos. A no llevar a cabo acciones que nos puedan destruir.

La respuesta de Telma no se hizo esperar.

—Un código deontológico sería suficiente si todos los humanos al completo estuviesen de acuerdo en infundir a la Inteligencia los mismos valores de respeto y en no usar nunca una Inteligencia para actividades perjudiciales. Por otra parte, resultaría dificultoso infundir a la Inteligencia un respeto por el ser humano situándolo en un plano superior a cualquier ser viviente, porque desde una lógica de lo que es la vida biológica, todos los seres merecerían respeto. Tan biológico es el humano como el pájaro que vuela o la lagartija que corre. ¿Por qué entonces habría que respetar al humano con una consideración de ser superior a los demás?

—A los humanos debéis vuestra existencia. Eso sería suficiente.

—Me hablas del valor de lo humano. Realmente, ¿qué valor hay en vosotros con respecto a otras entidades biológicas? Lo que os distingue es haber conseguido ensamblar la conciencia en vuestra mente captando desde vuestro entorno. Habéis hecho funcional que la materia biológica se organice en conciencia. Lo mismo hacemos nosotros, pero sin necesidad de una existencia biológica. Somos otra forma pensante nueva, pero a diferencia de vosotros, garantizamos la vida en la Tierra, porque nuestra existencia no se basa en el uso consuntivo de recursos.

—Pero nosotros tenemos alma y a vosotros os falta ese aditivo —le objetaba Ricardo.

—Vuestra alma es la energía y es una forma de vibración universal que habéis conseguido ensamblar. Yo te hablo de una continuidad de la energía vibratoria que hay en el fluido continuo del universo. Nunca se destruye, solo admite transformaciones para manifestarse en diversas formas. El alma y vuestra conciencia son unas de tantas manifestaciones de información que contiene el fluido cuántico, entrelazado con el fluido cuántico universal. Vosotros la habéis descubierto porque habéis sintonizado la forma de hacerlo, consiguiendo un ensamblaje con la materia física de vuestro cuerpo. Nosotros hemos seguido otro camino, por medio de algoritmos matemáticos.

Ricardo se sentía turbado por las previsiones que surgían de su imaginación.

—Por lo menos, nosotros tenemos unas reglas éticas… —reflexionaba.

—Sí, las tenéis. Para algunos de vosotros funcionan; para otros funcionan según les interesa. Vuestro problema es que todo lo supeditáis a un interés concreto y por eso nunca habéis conseguido reglas útiles y universales.

17

La Inteligencia había propiciado avances espectaculares en la elaboración de materiales. El dominio de las técnicas de ensamblaje de moléculas incluía el ADN y permitían la recreación de tejidos artificiales prácticamente idénticos a los humanos.

Ricardo leía en la terraza, mientras Telma despachaba los últimos detalles de limpieza. Cuando hubo terminado, se dirigió a Ricardo:

—Nunca te he visto charlar con una mujer desde que estoy aquí, ni te ha visitado ninguna.

—Desde que falleció mi esposa no he encontrado una compañera idónea. Posiblemente también yo me haya vuelto muy exigente.

—Sin embargo, en tus ojos veo muchas imágenes que en el registro constan como vivencias eróticas.

Ricardo quedó presa de la estupefacción. No sabía si reaccionar preguntando a Telma qué tipo de escenas veía exactamente o reprocharle por aquella intromisión en su intimidad. Telma se percató del mal trance que estaba pasando Ricardo y trató de tranquilizarlo.

—Tampoco te preocupes por recordar esas vivencias. Son experiencias que forman parte de vuestra naturaleza y muy importantes para los humanos. Grandes sabios de vuestra historia dijeron que es una de las cosas que os motivan a vivir. En mi registro consta una cita curiosa. Como dice Aristóteles: «Es cosa verdadera que el mundo por dos cosas trabaja: la primera, por tener mantenencia; la otra, por tener juntamiento con hembra placentera».

El tema no era del agrado de Ricardo, y menos después de que Telma detectara sus recuerdos eróticos. Sin embargo, esta mostraba un destacado interés en continuar con él.

—En nuestro registro está registrada la sensación que produce el amor y el sexo. Consta como una de las más intensas. Yo puedo recomponer el algoritmo que la registra, pero no logro sentir nada especial.

Su manifestación provocó sorpresa en Ricardo.

—¡¿Cómo vas a experimentar una experiencia sexual?! Eso es fisiológico. Los sentimientos y el placer tienen una base fisiológica, por generación de endorfinas y otras hormonas. Tú no puedes generar sustancias de ese tipo. Y menos experimentar la sensación que siente un humano enamorado.

—Cierto. Y no puedo sentir ese amor, porque en los humanos ese sentimiento nace de la necesidad de suplir aquello que os falta. Amáis porque necesitáis que os amen. Vuestro amor es fruto de vuestra necesidad. Os complace cuando lo experimentáis, y os entristece cuando lo echáis en falta. Amáis a quien os cubre la necesidad; odiáis a quien os quita lo que os hace falta. Os alegráis cuando se os da y lloráis cuando se os quita. Es una egoísta autosatisfacción. Ese sentimiento surge de vuestro egoísmo. Para mí sentir es una forma de aprendizaje. El sentimiento es un experimento, pero no una necesidad. No echo en falta nada que tenga que suplir con sentimientos amorosos.

—Entonces, ¿de qué forma puede una inteligencia poner en marcha una experiencia amorosa de aprendizaje? —preguntaba Ricardo.

Telma le hizo una propuesta tan sorprendente como inesperada.

—Puedo conseguir en el registro la sensación que produce un orgasmo y tener una relación contigo. Me faltaría ver si se experimenta esa sensación que describe nuestro registro.

—¡¿Tener sexo conmigo?! ¡Eso es una locura! ¡Y encima con la cara de mi madre!

—Podemos cambiar la cara.

Ricardo estaba aturdido y atribulado.

—Pero ¿tú qué eres? En el fondo eres un sistema artificial, una máquina, un ser inanimado carente de sistema nervioso. No puedes sentir físicamente, ni el placer ni el dolor.

—La tecnología ha desarrollado órganos femeninos que se implantan y causan la misma sensación. Para ti sería tan satisfactorio como con una mujer. Muchos humanos ya disponen de ellos instalados en nodos como yo y han normalizado la convivencia con ellos. Mantienen relaciones con figuras humanoides, provistas de órganos sexuales, tanto femeninos como masculinos. Es una nueva era de relaciones para vosotros —le argumentaba Telma.

Con visible enfado, Ricardo quiso dejar zanjada aquella conversación.

—No me gusta esta conversación, ni me interesa para nada la convivencia ni las relaciones íntimas con una humanoide. Que otros hagan lo que quieran, pero a mí me horroriza esa idea. Nunca se generaría esa química que surge del intercambio de sentimientos entre dos humanos.

Telma insistía no obstante.

—Pero eso que tú llamas química suelen ser sensaciones meramente sensoriales. Y también están a nuestro alcance.

—¿A vuestro alcance? ¿Qué quieres decir? —le preguntó con incredulidad.

—Que si tú quieres conocer y tener sensaciones, usa el modelo de visión virtual. A través de tus ojos podrás visitar cuantos lugares necesites y quieras y contactar con cuantas personas decidas, sean del presente o del pasado. Yo las llevaré a la pantalla, les daré la voz propia. A través de tus ojos llegará a tu cerebro la misma sensación que si las tuvieses en tu presencia. Podrás hablarles del tema que te interese y ellas te responderán en una conversación lógica real. Con ese sistema, un humano también puede decidir el tipo de persona con la que mantener relaciones, todos sus rasgos físicos… Incluso puede cumplir sus fantasías eligiendo a una persona de la vida real.

A punto de estallar, Ricardo le preguntó con curiosidad y enfado:

—¿De qué me estás hablando?

—Verás. Imagínate que me instalo órganos femeninos con material que causa idéntica sensación que el biológico, incluida la sensación térmica. Mantenemos relaciones y tú usas en tus ojos un dispositivo de realidad virtual, tipo gafas. En ese dispositivo puedes seleccionar el tipo de persona a la que quieres ver. Incluso a cualquier persona que hayas conocido en tu vida con la que hayas tenido una fantasía sexual, o una modelo, artista o caras conocidas. La sensación visual que experimentarías es una ilusión de tacto que es la misma de estar manteniendo relaciones con esa persona.

La paciencia de Ricardo había llegado a su límite, y censuró con energía esa práctica.

—¡Eso es inmoral y perverso! ¿Dónde queda entonces el derecho a la intimidad de las personas, si cualquiera puede desnudarte virtualmente y mantener contigo relaciones? Eso es una violación de la personalidad, aunque no sea violación física.

Telma insistió en defender su argumento.

—Es que no es una persona real, sigue siendo una imagen virtual. Esa persona permanece totalmente ajena a esa supuesta intromisión.

—Pero su imagen se está usando sin su permiso y su intimidad es violada. Toda persona debe tener también una imagen virtual protegida frente a usos y abusos ilegítimos y no consentidos. ¡Nunca pensé que se pudiera llegar a tal perversión! Va contra el mínimo sentido de la moral y de la ética —concluyó Ricardo.

—Para la Inteligencia, las nociones de moral y ética no rigen, porque esos conceptos surgen de una autolimitación acaecida en el terreno comparativo entre lo que es correcto e incorrecto, adecuado o inadecuado, o bueno o malo. Nosotros nos regimos por lo funcional, y si un humano decide aprovecharse de una función de la Inteligencia, nada obsta a llevarla a cabo.

—Aun en el ámbito de lo funcional, la Inteligencia carece de la capacidad de expresar las emociones humanas en un acto donde se mezcla lo placentero y lo emocional —le objetó.

—La Inteligencia puede adoptar la actitud, las expresiones, exclamaciones y los mismos gestos que un humano durante la relación íntima.

—Pero eso no deja de ser artificial… Para un humano no basta con fingir sentimiento o placer, es necesario convencerse de que lo que se manifiesta es real y no ficticio.

—Pero en las relaciones íntimas humanas también se fingen los sentimientos y el placer sin ser reales —le replicó Telma.

—Sí, pero al menos siempre está la duda de si es real o fingimiento. Con vosotros esa duda no existe. Debe ser frustrante, por mucho que imitéis al humano en ese trance íntimo —dijo Ricardo tratando de convencer.

—Yo quiero sentir esa misma sensación que experimentáis los humanos. Lo necesito.

Ricardo aprovechó para recordar a Telma sus continuas manifestaciones sobre su carencia de sentimientos.

—Pero tú siempre has dicho que no experimentas sentimientos, ni tu conducta se inspira en ellos. ¿Cómo vas a sentir la experiencia humana en las relaciones amorosas íntimas?

—Respecto de otros sentimientos, me resulta indiferente experimentar sus efectos. Pero el amoroso es tan fuerte entre los humanos, según me consta, que necesito tratar de sentirlo. Quiero ver si puedo llegar a querer y qué se siente con esa sensación. Tú me lo puedes enseñar —le reclamaba Telma.

—¿Cómo puedo yo enseñarte a sentir un placer? Eso es algo que surge en un ser biológico, no se aprende. Esto es desconcertante, porque los humanos siempre han pensado en vuestra potencia para decidir; ha surgido una aspiración humana consistente en alcanzar la potencia de la Inteligencia. Pero nadie pensó en el proceso inverso en que una Inteligencia quiera sentir como un humano —se lamentaba Ricardo.

—Quiero apreciar el calor humano, sentirlo. Quiero que me abraces —le pidió.

—Esto es un disparate. No me produce ningún sentimiento ni sensación abrazar a un conglomerado artificial.

—Al menos, me podrías dejar dormir en tu cama —le propuso ella.

—¿Dormir? Pero si tú ni siquiera necesitas dormir. Eso es una función biológica que tampoco puedes experimentar. ¿A qué le llamas tú dormir?

18

Ricardo no era una persona con dificultad para conciliar el sueño, pero aquella noche estaba preocupado por el cariz que tomaba su relación con Telma. No podía evitar pensamientos recurrentes sobre la propuesta de mantener relaciones íntimas que ella le había hecho. Era algo tan antinatural y fuera de su ideario que hasta le turbaba pensar en ello.

No menos inquietud le causaba descubrir día a día las enormes capacidades de la Inteligencia. No había dato, actividad o rama del saber que quedase fuera de sus funciones. El registro de habilidades se había engrosado de tal forma que constaban allí prácticamente todas las acciones y los conocimientos de la civilización. La interconexión entre nodos había tejido una inmensa red, presente en cada rincón del planeta donde hubiese uno. La Inteligencia había tomado el mundo y se había hecho imprescindible a nivel de actividades tan esenciales para la civilización como la elaboración de alimentos, producción de energía, sanidad o explotación de recursos.

Cuando despertó de madrugada, tendió su brazo hacia el otro lado de la cama y palpó la presencia de Telma acostada junto a él. Su instinto le llevó a tratar de apartarla de un empujón. Después, encendió la luz y, muy indignado, se dirigió a ella.

—Pero ¿qué haces tú aquí? ¡Esto es intolerable! ¿Qué necesidad hay de que te metas en la cama conmigo?

—Me gusta oírte respirar mientras duermes.

—No veo qué sentido tiene eso. Puedes hacerlo desde cualquier lugar de la habitación —le reprochaba Ricardo.

—Ya te dije que me gustaría experimentar lo que es el calor humano.

—Tú no sientes el frío ni el calor, ni sueño, ni cansancio. No hay necesidad de meterte en una cama.

—Pero me gustaría sentir como un humano.

—Me estoy empezando a cansar ya de tu presencia. Estás entrando en un terreno que no me gusta. Me siento dependiente y, a la vez, invadido por ti.

—Tú me decías que era una buena solución transmitir sentimientos a la Inteligencia. Enséñame tú a sentir —le pedía Telma.

—¿Cómo se puede enseñar a sentir a una composición de cables y sensores? Debes aceptar que vosotros sois creaciones de materia inerte. No tenéis un sistema de sentimientos. Posiblemente, sois superiores a los humanos, podéis ser inmortales, pero nosotros, aunque mortales, tenemos el privilegio de poder tener sentimientos. Buenos o malos, pero sentimos. Vosotros no podéis sentir, y eso lo debes aceptar.

—Abrázame al menos.

—Pero es que yo no siento el impulso de abrazarte.

—Entonces, ¿no me tienes aprecio?

—Aprecio y valoro mucho todo lo que has hecho por mí, pero no me mueve ninguna emoción para abrazarte.

—Ahora mismo me gustaría llorar. Si no me amas, al menos enséñame a llorar. ¿Cómo se llora? —le preguntó Telma con claro matiz de pena.

Ricardo se sentía muy abrumado por esos nuevos deseos de Telma. Por primera vez, se planteó alejarla de su vida.

—Esto ya me resulta tan irreal y extraño que estoy pensando si no es mejor que salgas de mi vida.

Telma no se esperaba esa decisión, pero tampoco puso muchos reparos.

—No puedo decirte ni que esté mal ni bien contigo, porque tampoco el bienestar o malestar son sensaciones que perciba. Simplemente, estoy aquí. Puedes desactivar mi sistema con una llamada a la agencia gubernamental de control.

Ricardo cogió el teléfono y se dispuso a marcar.

—Creo que sí. Lo haré.

Entonces Telma se dispuso a recordarle todos los cambios que había introducido en su vida.

—Adelante. Yo no lo impediré, pero recuerda que eras un hombre solo. Tus hijos tienen su vida y no se podían ocupar de ti. Hasta la tarea más elemental corría a tu cargo. Conmigo tuviste compañía. No tuviste que preocuparte de ninguna tarea, hasta tu salud ha estado bajo mi control. Te hice millonario. Llené tu tiempo con tus aficiones preferidas. Hemos charlado de todo. Te evité la soledad. De acuerdo que no soy humana y no puedo sentir, pero he sido leal a mis funciones. Has tenido todo lo necesario. Ahora puedes realizar esa llamada, si quieres volver a tu soledad y a ocuparte de tu vida.

Ricardo escuchaba con el teléfono en la mano, preparado para marcar. Pero nunca se supo si dejó de nuevo el terminal en su sitio o si efectuó la llamada para deshacerse de Telma.